Montfaucon de Villars

Entretiens sur les sciences secrètes

ou

Le comte de Gabalis

Copyright © 2022 by Culturea
Édition : Culturea 34980 (Hérault)
Impression : BOD - In de Tarpen 42, Norderstedt (Allemagne)
ISBN : 9782382749906
Dépôt légal : août 2022
Tous droits réservés pour tous pays

*Quod tanto impendio absconditur
etiam solum-modo demonstrare,
destruere est.*

TERTULL

EXTRAIT DU PRIVILÈGE DU ROY

Par grace & Privilege du Roy, en datte du vingt huitiéme Septembre 1670. signé DALENCÉ: Il est permis à Claude Barbin marchand Libraire à Paris, d'imprimer ou faire imprimer pendant le temps de dix années, les Livres intitulez *Le Comte de Gabalis, ou Entretiens sur les Sciences secretes*, avec deffenses à tous autres d'en imprimer, vendre ou débiter pendant ledit temps sans le consentement dudit Exposant, à peine de confiscation des Exemplaires contrefaits, de tous dépens, dommages & interest, & de trois mil livres d'amande; ainsi qu'il est plus au long contenu dans ledit Privilege.

Registré sur le Livre de la communauté des Imprimeurs & Marchands Libraires de cette Ville, suivant & conformément à l'Arrest de la cour de Parlement du huict Avril 1653. aux charges & conditions portées par le present Privilège. Fait à Paris le ving-unième Novembre 1670.

SIGNÉ, L. SEVESTRE, Syndic.

PREMIER ENTRETIEN
SUR LES SCIENCES SECRÈTES

    Devant Dieu soit l'âme de Monsieur le Comte de GABALIS, que l'on vient de m'écrire, qui est mort d'apoplexie. Messieurs les curieux ne manqueront pas de dire que ce genre de mort est ordinaire à ceux qui ménagët mal les secrets des Sages, & que depuis que le bienheureux Raymond Lulle en a prononcé l'arrest dans son testament, un Ange executeur n'a jamais manqué de tordre promtement le col à tous ceux qui ont indiscretement revelé les Mysteres Philosophiques.

    Mais qu'ils ne condamnent pas legerement ce Sçavant homme, sans estre éclaircis de sa conduite. Il m'a tout découvert, il est vray : mais il ne l'a fait qu'avec toutes les circonspections Cabalistiques. Il faut rendre ce témoignage à sa memoire, qu'il étoit grand zelateur de la Religion de ses peres les Philosophes, & qu'il eust souffert le feu plustost que d'en profaner la saincteté, en s'ouvrant à quelque Prince indigne, à quelque ambitieux, ou à quelque incontinent, trois sortes de gens excommuniez de tout temps par les sages. Par bonheur je ne suis pas Prince, j'ay peu d'ambition, & on verra dans la suite que j'ay mesme un peu plus de chasteté qu'il n'en faut à un Sage. Il me trouva l'esprit docile, curieux, peu timide ; il ne manque qu'un peu de melancolie pour faire avoüer à tous ceux qui voudroient blâmer Monsieur le Comte de Gabalis de ne m'avoir rien caché, que j'estois un sujet assez propre aux Sciences secretes. Il est vray que sans melancolie on ne peut y faire de grands progrez : mais ce peu que j'en ay n'avoit garde de le rebuter. Vous avez (m'a-t-il dit cent fois) Saturne dans un angle, dans sa maison, & retrograde ; vous ne pouvez manquer d'estre un jour aussi mélancolique qu'un Sage doit l'estre ; car le plus sage de tous les hommes (comme nous le sçavons dans la Cabale) avoit, comme vous, Jupiter dans l'Ascendant ; cependant on ne trouve pas qu'il ait ry une seule fois en toute sa vie, tant l'impression de son Saturne étoit puissante ; quoy qu'il fust beaucoup plus foible que le vostre.

    C'est donc à mon Saturne, & non pas à Monsieur le Comte de Gabalis, que Messieurs les curieux doivent s'en prendre, si j'aime mieux divulguer leurs secrets que les pratiquer. Si les Astres ne font pas leur devoir, le comte n'en est pas en cause ; & si je n'ay pas assez de grandeur d'ame, pour essayer de devenir le maistre de la Nature, de renverser les Elemens, d'entretenir les Intelligences suprêmes, de commander aux Demons, d'engendrer des Geans, de créer de nouveaux Mondes, de parler à Dieu dans son thrône redoutable, & d'obliger le Cherubin, qui defend l'entrée du Paradis terrestre, de me permettre d'aller faire quelques tours dans ses allées ; c'est moy tout au plus qu'il faut blâmer ou plaindre ; il ne faut pas pour cela insulter à la memoire de cet homme rare, & dire qu'il est mort pour m'avoir appris toutes ces choses. Est-il impossible, que comme les armes sont journallieres, il ait succombé dans quelque côbat avec quelque lutin indocile ? Peut-estre qu'en parlant à Dieu dans le thrône enflammé il n'aura pû se tenir de le regarder en face ; or il est écrit qu'on ne peut le regarder sans mourir. Peut-estre n'est-il mort qu'en apparence suivant la coûtume des Philosophes, qui font semblant de mourir en un lieu, & se transplantent en un autre. Quoy qu'il en soit, je ne puis croire que la maniere, dont il m'a confié ses thresors, merite châtiment. Voicy comme la chose s'est passée.

Le sens commun m'ayant toûjours fait soupçonner qu'il y a beaucoup de vuide en tout ce qu'on appelle Sciences secretes, je n'ay jamais esté tenté de perdre le temps à feüilleter les livres qui en traittent : mais aussi ne trouvant pas bien raisonnable de condamner sans sçavoir pourquoy, tous ceux qui s'y addonnent, qui souvent sont Gens sages d'ailleurs, sçavans la pluspart, & faisans figure dans la robe & dans l'épée ; je me suis avisé (pour éviter d'estre injuste, & pour ne me point fatiguer d'une lecture ennuyeuse) de feindre d'estre entesté de toutes ces Sciences, avec tous ceux que j'ai pû apprendre qui en sont touchez. J'ay d'abord eu plus de succez que je n'en avois mesme esperé. Comme tous ces Messieurs quelque Mysterieux & quelque reservez qu'ils se piquent d'estre, ne demandent pas mieux que d'estaler leurs imaginations, & les nouvelles découvertes qu'ils pretendent avoir fait dans la Nature, je fus en peu de jours confident des plus considerables d'entr'eux, j'en avois toûjours quelqu'un dans mon cabinet, que j'avois à dessein garny de leurs plus fantasques Auteurs : Il ne passoit point de Sçavant étranger, que je n'en eusse avis ; en un mot à la science prés je me trouvay bien-tost grand personnage. J'avois pour compagnons des Princes, des grands Seigneurs, des gens de robe, de belles Dames, des laides aussi ; des Docteurs, des Prelats, des Moines, des Nonnains, enfin des gens de toute espece. Les uns en vouloïent aux Anges, les autres au diable, les autres à leur genie, les autres aux Incubes, les autres à la guerison de tous maux, les autres aux Astres, les autres aux secrets de la Divinité, & presque tous à la Pierre Philosophale.

Il demeuroient tous d'accord que ces grands secrets, & sur tout la Pierre Philosophale, sont de difficile recherche, & que peu de gens les possedent : mais ils avoient tous en particulier assez bonne opinion d'eux-mesme, pour se croire du nombres des Eleus. Heureusement les plus importans attëdoient alors avec impatience l'arrivée d'un Allemand grand Seigneur & grand Cabaliste, de qui les terres sont vers les frontieres de Pologne. Il avoit promis par lettre aux Enfans des Philosophes qui sont à Paris, de venir les visiter, & de passer en France allant en Angleterre. J'eus la commission de faire réponse à la lettre de ce grand Homme, je luy envoyay la figure de ma nativité, afin qu'il jugeast si je pouvois aspirer à la suprême Sagesse. Ma figure & ma lettre furent assez heureuses pour l'obliger à me faire l'honneur de me répondre, que je serois un des premiers qu'il verroit à Paris ; & que si le Ciel ne s'y opposoit, il ne tiendroit pas à luy que je n'entrasse dans la societé des Sages.

Pour ménager mon bonheur, j'entretins avec l'illustre Allemand un commerce regulier. Je luy proposay de temps en temps de grands doutes, autant raisonnez que je le pouvois ; sur l'Harmonie du monde, sur les Nombres de Pythagore, sur les visions de saint Jean, & sur le premier chapitre de la Genese. La grandeur des matieres le ravissoit, il m'écrivoit des merveilles inoüies, & je vis bien que j'avois affaire à un homme de tres-vigoureuse & tres-spacieuse imagination. J'en ay soixante ou quatre vingts lettres d'un stile si extraordinaire, que je ne pouvois plus me resoudre à lire autre chose, dés que j'estois seul dans mon cabinet.

J'en admirois un jour une des plus sublimes, quand je vis entrer un homme de tres bonne mine, qui me salüant gravement, me dît en langue Françoise & en accent étranger. *Adorez, mon fils, adorez le tres-bon & le tres-grand Dieu des Sages, & ne vous en orgueillissez jamais de ce qu'il vous envoye un des Enfans de Sagesse, pour vous associer à leur Compagnie, & pour vous faire participant des merveilles de sa Toute-puissance.*

La nouveauté de la salutation m'étonna d'abord, & je commençay à douter pour la premiere fois si l'on n'a pas quelquefois des apparitions : toutefois me rasseurant du mieux que je pûs, & le regardant le plus civilement que la petite peur que j'avois me le pût permettre. Qui que vous soyez (luy dis-je) vous de qui le compliment n'est pas de ce monde, vous me faites beaucoup d'honneur de venir me rendre visite : mais agreez, s'il vous plaist, qu'avant que d'adorer le Dieu des Sages, je sçache de quels Sages, & de quel Dieu vous parlez, & si vous l'avez agreable, mettez-vous dans ce fauteüil, & donnez-vous la peine de me dire quel est ce Dieu, ces Sages, cette Compagnie, ces Merveilles de toute-puissance, & aprés ou devant tout cela à quelle espece de creature j'ay l'honneur de parler.

Vous me recevez tres-sagement, Monsieur (reprit-il en riant, & prenant le fauteüil que je luy presentois) vous me demandez d'abord de vous expliquer des choses que je ne vous diray pas d'aujourd'hui, s'il vous plaist. Le compliment que je vous ay fait sont les paroles que les Sages disent à l'abord de ceux à qui ils ont resolu d'ouvrir leur cœur, & de découvrir leurs Mysteres. J'ai crû qu'estant aussi sçavant que vous m'avez paru dans vos lettres, cette salutation ne vous seroit pas inconnuë, & que c'estoit le plus agreable compliment que pouvoit vous faire le Comte de Gabalis.

Ah! Monsieur, m'écriay-je, me souvenant que j'avois un grand rolle à joüer, comment me rendray-je digne de tant de bontez? Est-il possible que le plus grand de tous les hommes soit dans mon cabinet, & que le grand Gabalis m'honore de sa visite.

Je suis le moindre des Sages (repartit-il d'un air serieux) & Dieu qui dispense les lumieres de sa Sagesse avec le poids & la mesure qu'il plaist à sa Souveraineté, ne m'en a fait qu'une part tres-petite en comparaison de ce que j'admire avec estónement en mes Compagnons. J'espere que vous pourrez les égaler quelque jour, si j'ose en juger par la figure de vostre nativité, que vous m'avez fait l'honneur de m'envoyer : mais vous voulez bien que je me plaigne à vous, Monsieur (ajoûta-t-il en riant) de ce que vous m'avez pris d'abord pour un phantôme.

Ah! non pas pour un phantôme (luy dis-je) mais je vous avoüe, Monsieur, que me souvenant tout à coup de ce que Cardan raconte que son pere fut un jour visité dans son étude par sept inconnus vétus de diverses couleurs, qui luy tinrent des propos assez bizarres de leur nature & de leur employ... Je vous entens (interrompit le Comte) c'estoit des Sylphes dont je vous parleray quelque jour, qui sont une espece de substances aëriennes, qui viennent quelquefois consulter les Sages sur les livres d'Averroës qu'elles n'entendent pas trop bien. Cardan est un estourdy d'avoir publié cela dans ses subtilitez ; il avoit trouvé ces memoires-là dans les papiers de son pere, qui estoit un des nostres ; & qui voyant que son fils étoit naturellement babillard, ne voulut luy rien apprendre de grand, & le laissa amuser à l'Astrologie ordinaire, par laquelle il ne sceut prevoir seulement que son fils seroit pendu. Ce fripon est cause que vous m'avez fait l'injure de me prendre pour un Sylphe. Injure (repris-je) Quoy, Monsieur, serois-je assez malheureux, pour... Je ne m'en fâche pas (interrompit-il) vous n'estes pas obligé de sçavoir que tous ces Esprits elementaires sont nos Disciples ; qu'ils sont trop heureux, quand nous voulons nous abaisser à les instruire ; & que le moindre de nos Sages est plus sçavant & plus puissant que tous ces petits Messieurs-là. Mais nous parlerons de tout cela quelque autre fois ; il me suffit aujourd'hui d'avoir eu la satisfaction de vous voir. Tâchez mon fils, de vous rendre digne de recevoir les lumieres Cabalistiques ; l'heure de vostre regeneration est arrivée, il ne tiendra qu'à vous d'être une nouvelle creature. Priez ardemment celuy qui seul a la puissance de créer des cœurs nouveaux, de vous en donner un qui soit capable des grandes choses que j'ay à vous apprendre, & de m'inspirer de ne vous rien taire de nos Mysteres. Il se leva lors, & m'embrassant sans me donner le loisir de luy répondre, Adieu, mon fils (poursuivit-il) j'ay à voir nos Compagnons qui sont à

Paris, aprés quoy je vous donneray de mes nouvelles. Cependant, *veillez, priez, esperez, & ne parlez pas.*

Il sortit de mon cabinet en disant cela. Je me plaignis de sa courte visite en le reconduisant, & de ce qu'il avoit la cruauté de m'abandonner si-tost, aprés m'avoir fait entrevoir une étincelle de ses lumieres. Mais m'ayant asseuré de fort bonne grace que je perdrois rien dans l'attente, il monta dans son carrosse, & me laissa dans une surprise, que je ne puis exprimer. Je ne pouvois croire à mes propres yeux ny à mes oreilles; Je suis seur (disois-je) que cet homme est de grande qualité, qu'il a cinquante mil livres de rente de patrimoine; il paroist d'ailleurs fort accomply. Peut-il s'être coëffé de ces folies-là? Il m'a parlé de ces Sylphes fort cavalierement. Seroit-il Sorcier en effet, & me serois-je trompé jusqu'icy en croyant qu'il n'y en a plus? Mais aussi s'il est des Sorciers, sont-ils aussi devots que celuy-cy paroist l'être?

Je me comprenois rien à tout cela; je resolus pourtant d'en voir la fin; quoy que je previsse bien qu'il y auroit quelques sermons à essuyer, & que le Demon qui l'agitoit, estoit grandement moral & predicateur.

SECOND ENTRETIEN
SUR LE SCIENCES SECRÈTES

Le Comte voulut me donner toute la nuit pour vaquer à la Priere; & le lendemain dés le point du jour il me fit sçavoir par un billet qu'il viendroit chez moy sur les huit heures; & que si je le voulois bien, nous irions faire un tour ensemble. Je l'attendis, il vint, & aprés les civilitez reciproques; Allons (me dit-il) à quelque lieu où nous soyons libres, & où personne ne puisse interrompre nostre entretien. Ruel, luy dis-je, me paroist assez agreable & assez solitaire. Allons-y donc (reprit-il). Nous montâmes en son carrosse. Durant le chemin j'observois mon nouveau Maistre. Je n'ay jamais remarqué en personne un si grand fond de satisfaction qu'il en paroissoit en toutes ses manieres. Il avoit l'esprit plus tranquille & plus libre qu'il ne me sembloit qu'un sorcier le pûst avoir. Tout son air n'étoit point d'un homme à qui sa conscience reprochât rien de noir; & j'avois une merveilleuse impatience de le voir entrer en matiere; ne pouvant comprendre comment un homme, qui me paroissoit si judicieux & si accomply en toute autre chose, s'étoit gasté l'esprit par les visions, dont j'avois connu le jour precedent qu'il étoit blessé. Il me parla divinement de la Politique, & fut ravy d'entendre que j'avois leu ce que Platon en a écrit. Vous aurez besoin de tout cela quelque jour (me dit-il) un peu plus que vous ne croyez; Et si nous nous accordons aujourd'hui, il n'est pas impossible qu'avec le temps vous mettiez en usage ces sages maximes. Nous entrions alors à Ruel, nous allâmes au jardin, le Comte dédaigna d'en admirer les beautez, & marcha droit au labyrinthe.

Voyant que nous étions aussi seuls qu'il le pouvoit desirer, je louë (s'écrit-t-il) levant les yeux & les bras au Ciel, je louë la Sagesse eternelle de ce qu'elle m'inspire de ne vous rien cacher de ses veritez ineffables. Que vous serez heureux, mon fils! si elle a la bonté de mettre dans vôtre ame les dispositions que ces hauts Mysteres demandent de vous. Vous allez apprendre à commander à toute la Nature; Dieu seul sera vostre Maître, & les Sages seuls seront vos égaux. Les suprêmes Intelligences feront gloire d'obëir à vos desirs; les Demons n'oseront se trouver où vous serez; vôtre voix les fera trembler dans le puits de l'abysme, & tous les Peuples invisibles, qui habitent les quatre elemens, s'estimeront heureux d'estre les Ministres de vos plaisirs. Je vous adore, ô grand Dieu! d'avoir courõné l'homme de tant de gloire, & de l'avoir étably souverain Monarque de tous les ouvrages de vos mains. Sentez-vous, mon fils (ajoûta-t-il se tournant vers moy) sentez-vous cette ambition heroïque, qui est le caractere certain des Enfans de Sagesse ? Osez-vous desirer de ne servir qu'à Dieu seul, & de dominer sur tout ce qui n'est point Dieu ? Avez-vous compris ce que c'est qu'estre hôme ? & ne vous ennuye-t-il point d'estre esclave ; puis que vous estes né pour estre souverain ? Et si vous avez ces nobles pensées, comme la figure de vostre nativité ne me permet pas d'en douter ; considerez meurement si vous aurez le courage & la force de renoncer à toutes les choses, qui peuvent vous estre un obstacle à parvenir à l'elevation pour laquelle vous estes né ? Il s'arresta là, & me regarda fixement, comme attendant ma réponse, ou comme cherchant à lire dans mon cœur.

Autant que le commencement de son discours m'avoit fait esperer que nous entrerions bien-tost en matiere, autant en desesperay-je par ses dernieres paroles. Le mot de *renoncer* m'effraya, & je ne doutay point qu'il n'allât me proposer de renoncer au Baptême ou au Paradis. Ainsi ne sçachant comme me tirer de ce mauvais pas ; Renoncer (luy dis-je) Monsieur, quoy faut-il renôcer à quelque chose ? Vrayement (reprit-il) il le faut bien ; & il le faut si necessairement, qu'il faut commencer par là. Je ne sçay si vous pourrez vous y resoudre : mais je sçay bien que la Sagesse n'habite point dans un corps sujet au peché, comme elle n'entre point dans une ame prevenuë d'erreur ou de malice. Les Sages ne vous admettront jamais à leur Compagnie, si vous ne renoncez dés à present à une chose qui ne peut compatir avec la Sagesse. *Il faut* (ajoûta-t-il tout bas en se baissant à mon oreille) *il faut renoncer à tout commerce charnel avec les femmes.*

Je fis un grand éclat de rire à cette bizarre proposition. Vous m'avez, Monsieur (m'écriay-je) vous m'avez quitté pour peu de chose. J'attendois que vous me proposeriez quelque étrange renonciation : mais puis que ce n'est qu'aux femmes que vous en voulez, l'affaire est faite dés long-temps ; je suis assez chaste (Dieu mercy.) Cependant, Monsieur, comme Salomon étoit plus sage, que je ne seray peut-estre ; & que toute sa Sagesse ne pût l'empêcher de se laisser corrompre : dites-moy (s'il vous plaist) quel expedient vous prenez, vous autres Messieurs, pour vous passer de ce sexe-là ? & quel inconvenient il y auroit que dans le Paradis des Philosophes chaque Adam eût son Eve.

Vous me demandez là de grandes choses (repartit-il en consultant en luy-mesme s'il devoit répondre à ma question.) Pourtant puis que je voy que vous vous détacherez des femmes sans peine, je vous diray l'une des raisons qui ont obligé les Sages d'exiger cette condition de leurs Disciples : & vous connoîtrez dés-là dans quelle ignorance vivent tous ceux, qui ne sont pas de nostre nombre.

Quand vous serez enrollé parmy les Enfans des Philosophes, & que vos yeux seront fortifiez par l'usage de la tres-sainte Medecine ; vous découvrirez d'abord, que les elemens sont habitez par des creatures tres-parfaites, dont le peché du malheureux Adam a osté la connoissance & le commerce à sa trop malheureuse posterité. Cet espace immense qui est entre la Terre & les Cieux a des habitans bien plus nobles que les oiseaux & les moûcherons; ces mers si vastes ont bien d'autres hostes que les Dauphins & les Baleines; la profondeur de la terre n'est pas pour les taupes seules; & l'element du feu plus noble que les trois autres n'a pas esté fait pour demeurer inutile & vuide.

L'air est plein d'une innombrable multitude de peuples de figure humaine, un peu fiers en apparence, mais dociles en effet: grands amateurs des Sciences, subtils, officieux aux Sages, & ennemis des sots & des ignorans. Leurs femmes & leurs filles sont des beautez masles, telles qu'on dépeint les Amazones. Coment, Monsieur, (m'écriay-je) est-ce que vous voulez me dire que ces Lutins-là sont mariez?

Ne vous gendarmez pas, mon fils, pour si peu de chose. (repliqua-t-il) Croyez que tout ce que je vous dis est solide & vray; ce ne sont icy que les elemens de l'ancienne Cabale, & il ne tiendra qu'à vous de le justifier par vos propres yeux: mais recevez avec un esprit docile la lumiere que Dieu vous envoye par mon entremise. Oubliez tout ce que vous pouvez avoir oüy sur ces matieres dans les écoles des ignorans: ou vous auriez le déplaisir, quand vous seriez convaincu par l'experience, d'estre obligé d'avoüer que vous vous estes opiniâtré mal à propos.

Ecoutez donc jusqu'à la fin, & sçachez que les mers & les fleuves sont habitez de mesme que l'air; les anciens Sages ont nommé Ondins, ou Nymphes cette espece de peuples. Ils sont peu de masles, & les femmes y sont en grand nombre; leur beauté est extrême, & les filles des hommes n'ont rien de comparable.

La terre est remplie presque jusqu'au centre de Gnomes, gens de petite stature, gardiens des tresors, des minieres, & des pierreries. Ceux-cy sont ingenieux, amis de l'homme, & faciles à commander. Ils fournissent aux Enfans des Sages tout l'argent qui leur est necessaire, & ne demandent guere pour prix de leur service, que la gloire d'estre commandez. Les Gnomides leurs femmes sont petites, mais fort agreables, & leur habit est fort curieux.

Quant aux Salamandres habitans enflammez de la region du feu, ils servent aux Philosophes: mais ils ne recherchent pas avec empressement leur compagnie; & leurs filles & leurs femmes se font voir rarement. Elles ont raison (interrompis-je) & je les tiens quittes de leur apparition. Pourquoy? (dit le Comte.) Pourquoy, Monsieur (repris-je) & qu'ay-je affaire de converser avec une aussi laide beste que la Salamandre masle ou femelle. Vous avez tort (repliqua-t-il) c'est l'idée qu'ë ont les Peintres & les Sculpteurs ignorans; les femmes des Salamandres sont belles, & plus belles mesme que toutes les autres; puis qu'elles sont d'un element plus pur. Je ne vous en parlois pas, & je passois succinctement la description de ces peuples, parce que vous les verrez vous mesme à loisir & facilemët si vous en avez la curiosité. Vous verrez leur habits, leurs vivres, leurs mœurs, leur police, leurs loix admirables. Vous serez charmé de la beauté de leur esprit encore plus que de celle de leurs corps : mais vous ne pourrez vous empêcher de plaindre ces miserables, quand ils vous diront que leur ame est mortelle, & qu'ils n'ont point d'esperance en la joüissance eternelle de l'Estre suprême qu'ils connoissent, & qu'ils adorent religieusement. Ils vous diront, qu'étant composez des plus pures parties de l'element qu'ils habitent ; & n'ayant point en eux de qualitez contraires, puis qu'ils ne sont faits que d'un element ; ils ne meurent qu'aprés plusieurs siecles ; mais qu'est ce que le temps au prix de l'eternité ? Il faudra rentrer eternellement dans le neant. Cette pensée les afflige fort, & nous avons bien de la peine à les en consoler.

Nos Peres les Philosophes parlant à Dieu face à face se plaignirent à luy du malheur de ces peuples : & Dieu, de qui la misericorde est sans bornes, leur revela qu'il n'étoit pas impossible de trouver du remede à ce mal. Il leur inspira que de mesme que l'homme par l'alliăce qu'il a contractée avec Dieu, a esté fait participant de la Divinité : les Sylphes, les Gnomes, les Nymphes, & les Salamandres par l'alliance qu'ils peuvent contracter avec l'homme, peuvent estre faits participans de l'immortalité. Ainsi une Nymphe ou une Sylphide devient immortelle & capable de la beatitude à laquelle nous aspirons ; quand elle est assez heureuse pour se marier à un Sage : & un Gnome ou un Sylphe cesse d'estre mortel du moment qu'il épouse une de nos filles.

De là nâquit l'erreur des premiers siecles, de Tertulien, du Martyr Justin, de Lactance, Cyprien, Clement d'Alexandrie, d'Athenagore Philosophe Chrétien, & generalement de tous les Ecrivains de ce temps-là. Ils avoient appris que ces demy-hommes elementaires avoient recherché le commerce des filles : & ils ont imaginé de là, que la cheute des Anges n'étoit venuë, que de l'amour dont ils s'étoient laissé toucher pour les fëmes. Quelques Gnomes desireux de devenir immortels, avoient voulu gagner les bonnes graces de nos filles, & leur avoient aporté des pierreries dont ils sont gardiens naturels : & ces Auteurs ont crû, s'appuyans sur le livre d'Enoch mal entendu, que c'étoit les pieges que les Anges amoureux avoient tendus à la chasteté de nos femmes. Au commencement ces Enfans du Ciel engendrerent les Geans fameux, s'étant fait aimer aux filles des hommes : & les mauvais Cabalistes Joseph, & Philon (comme tous les Juifs sont ignorans) & aprés eux tous les Auteurs que j'ay nommez tout à l'heure, ont dit aussi bien qu'Origene & Macrobe, que c'étoit des anges, & n'ont pas sceu que c'étoit les Sylphes & les autres peuples des elemens, qui sous le nom d'enfans d'Eloym sont distinguez des enfans des hommes. De mesme ce que le sage Augustin a eu la modestie de ne point decider, touchât les poursuites que ceux qu'on appeloit Faunes ou Satyres faisoient aux Africaines de son temps ; est éclaircy par ce que je viens de dire, du desir qu'ont tous ces habitans des elemens de s'allier aux hommes, comme du seul moyen de parvenir à l'immortalité qu'ils n'ont pas.

Ah ! nos Sages n'ont garde d'imputer à l'amour des femmes la cheute des premiers Anges ; non plus que de soûmettre assez les hommes à la puissance de Demon, pour luy attribuër toutes les avantures des Nymphes & des Sylphes, dont tous les Historiens sont remplis. Il n'y eut jamais rien de criminel en tout cela. C'étoit des Sylphes, qui cherchoient à devenir immortels. Leurs innocentes poursuites bien loin de scandalizer les Philosophes, nous ont paru si justes ; que nous avons tous resolu d'un commun accord, de renoncer entierement aux femmes, & de ne nous adonner qu'à immortaliser les Nympes & les Sylphides.

O Dieu (me r'écriay-je) qu'est-ce que j'entens ? Jusqu'où va la f... Oüy, mon fils (interrompit le Comte) admirez jusqu'où va la felicité Philosophique ! Pour des femmes dont les foibles appas se passent en peu de jours, & sont suivis de rides horribles ; les Sages possedent des beautez qui ne vieillissent jamais, & qu'ils ont la gloire de rendre immortelles. Jugez de l'amour & de la reconnoissance de ces maîtresses invisibles : & de quel-le ardeur elles cherchent à plaire au Philosophe charitable, qui s'applique à les immortaliser.

Ah ! Monsieur, je renonce (m'écriay-je encore une fois.) Oüy, mon fils (poursuivit-il derechef sans me donner le loisir d'achever.) Renoncez aux inutiles & fades plaisirs, qu'on peut trouver avec les femmes ; la plus belle d'entre'elles est horrible aupres de la moindre Sylphide : aucun dégoust ne suit jamais nos sages embrassemens. Miserables ignorans, que vous estes à plaindre de ne pouvoir goûter les voluptez Philosophiques.

Miserable Comte de Gabalis (interrompis-je d'un accent mêlé de colere & de compassion) me laisserez vous dire enfin, que je renonce à cette sagesse insensée, que je trouve ridicule cette visionaire Philosophie, que je deteste ces abominables embrassemens qui vous mêlent à des phantômes ; & que je tremble pour vous, que quelqu'une de vos pretenduës Sylphides ne se haste de vous emporter dans les Enfers au milieu de vos transports, de peur qu'un aussi honnête homme que vous, ne s'apperçoive à la fin de la folie de ce zele chimerique, & ne fasse penitence d'un crime si grand.

Ohoh (répondit-il en reculant de trois pas, & me regardant d'un œil colere) malheur à vous, esprit indocile. Son action m'effraya, je l'avouë : mais ce fut bien pis, quand je vis que s'éloignant de moy, il tira de sa poche un papier, que j'entrevoyois de loin qui estoit assez plein de caractere que je ne pouvois bien discerner. Il lisoit attentivement, se chagrinoit, & parloit bas. Je crûs qu'il évoquoit quelques esprits pour ma ruïne, & je me repentis un peu de mon zele inconsideré. Si j'échape à cette avanture (disois-je) jamais Cabaliste ne me sera rien. Je tenois les yeux sur luy comme sur un Juge, qui m'alloit condamner à mort; quand je vis que son visage redevint serein. Il vous est dur (me dit-il en riant, & revenant à moy) il vous est dur de regimber contre l'aiguillon. Vous estes un vaisseau d'élection. Le Ciel vous a destiné pour estre le plus grand Cabaliste de vostre siecle. Voicy la figure de vostre Nativité qui ne peut manquer. Si ce n'est pas maintenant & par mon entremise, ce sera quand il plaira à vostre Saturne retrograde.

Ah! si j'ay à devenir Sage (luy dis-je) ce ne sera jamais que par l'entremise du grand Gabalis; mais à parler franchement, j'ay bien peur qu'il sera malaisé, que vous puissiez me fléchir à la galanterie Philosophique. Seroit-ce (repartit-il) que vous seriez assez mauvais Physicien, pour n'estre pas persuadé de l'existence de ces peuples? Je ne sçay (repris-je) mais il me sembleroit toûjours que ce ne seroit que Lutins travestis. En croirez vous toujours plus à vostre nourrice (me dit-il) qu'à la raison naturelle; qu'à Platon, Pythagore, Celse, Psellus, Procle, Porphyre, Jamblique, Plotin, Trismegiste, Nollius, Dornée, Fludd; qu'au grand Philipe Aureole Theophraste Bombast Paracelse de Honeinhem : & qu'à tous nos Compagnons.

Je vous en croirois (Monsieur, répondis-je) autant & plus que tous ces gens-là : mais mon cher Monsieur, ne pourriez vous pas ménager avec vos Compagnons, que je ne seray pas obligé de me fonder en tendresse avec ces Demoiselles elementaires. Helas! (reprit-il) vous estes libre sans doute, & on n'aime pas si on ne veut; peu de Sages ont pû se defendre de leurs charmes : mais il s'en est pourtant trouvé qui se reservans tout entiers à de plus grandes choses (comme vous sçaurez avec le temps) n'ont pas voulu faire cet honneur aux Nymphes. Je seray donc de ce nombre (repris-je) aussi bien ne sçaurois-je me resoudre à perdre le temps aux ceremonies que j'ay oüy dire à un Prelat, qu'il faut pratiquer, pour le commerce de ces Genes. Ce Prelat ne sçavoit ce qu'il disoit (dit le Comte) car vous verrez un jour que ce ne sont pas-là des Genies; & d'ailleurs jamais Sage n'employa, ny ceremonies, ny superstition pour la familiarité des Genies, non plus que pour les peuples que nous parlons.

Le Cabaliste n'agit que par les principes de la Nature : & si quelquefois on trouve dans nos livres des paroles étranges, des caracteres & des fumigations, ce n'est que pour cacher aux ignorans les principes Physiques. Admirez la simplicité de la Nature en toutes ses operations les plus merveilleuses! & dans cette simplicité une harmonie & un concert si grand, si juste, & si necessaire; qu'il vous fera revenir, malgré vous, de vos foibles imaginations. Ce que je vas vous dire, nous l'apprenons à ceux de nos Disciples, que nous ne voulons pas laisser tout-à-fait entrer dans le Sanctuaire de la Nature; & que nous ne voulons pourtant point priver de la societé des peuples Elementaires, pour la compassion que nous avons de ces mesme peuples.

Les Salamandres, comme vous l'avez déja peut-estre compris, sont composés des plus subtiles parties de la Sphere du feu, conglobées & organisées par l'action du feu universel (dont je vous entretiendray quelque jour) ainsi appelé, parce qu'il est le principe de tous les mouvemens de la Nature. Les Sylphes de mesme sont composez des plus purs atômes de l'air, les Nymphes, des plus déliées parties de l'eau, & les Gnomes, des plus subtiles parties de la terre. Il y avoit beaucoup de proportion entre Adam & ces creatures si parfaites; parce qu'étant composé, de ce qu'il y avoit de plus pur dans les quatre Elemens; il renfermoit les perfections de ces quatre especes de peuples, & estoit leur Roy naturel. Mais déslors que son peché l'eut precipité dans les excremens des Elemens (comme vous verrez quelqu'autrefois) l'harmonie fut deconcertée, & il n'eut plus de proportion estant impur & grossier, avec ces substances si pures & si subtiles. Quel remede à ce mal ? Comment remonter ce luth, & recouvrer cette souveraineté perduë ? O Nature ! pourquoy t'étudie-t-on si peu ? Ne comprenez vous pas, mon fils, avec quelle simplicité la Nature peut rendre à l'höme ces biens qu'il a perdus.

Helas ! Monsieur (repliquay-je) je suis tres-ignorant en toutes ces simplicitez-là. Il est pourtant bien aisé d'y estre sçavant (reprit-il.)

Si on veut recouvrer l'empire sur les Salamandres : il faut purifier & exalter l'element du feu, qui est en nous; & relever le ton de cette corde relâchée. Il n'y a qu'à concentrer le feu du monde par des miroirs concaves, dans un globe de ver-re; & c'est icy l'artifice que tous les Anciens ont caché religeusement, & que le divin Theophraste a decouvert. Il se forme dans ce globe une poudre solaire, laquelle s'étant purifiée d'elle-mesme, du mélange des autres Elemens; & étant préparée selon l'art, devient en fort peu de temps souverainemët propre à exalter le feu qui est en nous; & à nous faire devenir, par maniere de dire, de nature ignée. Dés lors les habitans de la sphere du feu deviennent nos inferieurs; & ravis de voir rétablir nostre mutuelle harmonie, & que nous nous soyons rapprochez d'eux : ils ont pour nous toute l'amitié qu'ils ont pour leur semblables, tout le respect qu'ils doivent à l'Image & au Lieutenant de leur Createur, & tous les soins dont les peut faire aviser, le desir d'obtenir de nous l'immortalité qu'ils n'ont pas. Il est vray que comme ils sont plus subtils que ceux des autre Elemens, ils vivent tres-long-temps; ainsi ils ne se present pas d'exiger des Sages l'immortalité. Vous pourriez-vous accomoder de quelqu'un de ceux-là, mon fils ; si l'aversion que vous m'avez témoignée vous dure jusqu'à la fin : peut-estre ne vous parleroit-il jamais de ce que vous craignez tant.

Il n'en seroit pas de mesme des Sylphes, des Gnomes, & des Nymphes. Comme ils vivent moins de temps, ils ont plûtost affaire de nous : aussi leur familiarité est plus aisée à obtenir. Il n'y a qu'à fermer un verre plein d'air conglobé, d'eau, ou de terre ; & le laisser exposé au Soleil un mois. Puis separer les Elemens selon la science ; ce qui sur tout est tres-facile en l'eau & en la terre. Il est merveilleux quel aimant c'est, que chacun de ces Elemens purifiez, pour attirer Nymphes, Sylphes, & Gnomes. On n'en a pris si peu que rien tous les jours pendant quelque mois ; que l'on voit dans les airs la republique volante des Sylphes ; les Nymphes venir en foule au rivage ; & les Gardiens des tresors étaler leurs richesses. Ainsi sans caracteres, sans ceremonies, sans mots barbares, on devient absolu sur tous ces peuples. Ils n'exigent aucun culte du Sage, qu'ils sçavent bien qui est plus noble qu'eux. Ainsi la venerable Nature apprend à ses enfants à reparer les Elemens par les Elemens. Ainsi se rétablit l'harmonie. Ainsi l'homme recouvre son empire naturel, & peut tout dans les Elemens, sans Demon & sans art illicite. Ainsi vous voyez, mon fils, que les Sages sont plus innocens que vous ne pensez. Vous ne me dites rien…

Je vous admire, Monsieur (luy dis-je) & je commence à craindre que vous ne me fassiez devenir distillateur. Ah ! Dieu vous en garde, mon enfant, (s'écria-t-il) ce n'est pas à ces bagatelles-là, que vôtre Nativité vous destine. Je vous défens au contraire de vous y amuser ; je vous ai dit que les Sages ne montrent ces choses qu'à ceux qu'ils ne veulent pas admettre dans leur troupe. Vous aurez tous ces avantages, & d'infiniment plus glorieux & plus agreables, par des procedez bien autremët Philosophiques. Je ne vous ay décrit ces manieres, que pour vous faire voir l'innocence de cette Philosophie, & pour vous ôter vos terreurs paniques.

Graces à Dieu, Monsieur (répondis-je) je n'ay plus tant de peur que j'en avois tantost. Et quoy que je ne me determine pas encore à l'accommodement, que vous me proposez avec les Salamandres : je ne laisse pas d'avoir la curiosité d'apprendre, comment vous avez découvert, que ces Nymphes & ces Sylphes meurent. Vrayment (repartit-il) ils nous le disent, & nous les voyons mourir. Comment pouvez vous les voir mourir (repliquay-je) puisque vostre commerce les rend immortels. Cela seroit bon (dit-il) si le nombre des Sages égaloit le nombre de ces peuples ; outre qu'il y en a plusieurs d'entr'eux, qui aiment mieux mourir, que risquer en devenant immortels, d'estre aussi malheureux, qu'ils voyent que les Demons le sont. C'est le Diable qui leur inspire ces sentimens, car il n'y a rien qu'il ne fasse, pour empêcher ces pauvres creatures de devenir immortelles par nostre alliance. De sorte que je regarde, & vous devez regarder (mon fils) comme une tentation tres-pernicieuse, & comme un mouvemant tres-peu charitable, cette aversion que vous y avez.

Au surplus, pour ce qui regarde la mort dont vous me parlez. Qui est-ce qui obligea l'Oracle d'Apolon, de dire que tous ceux qui parloient dans les Oracles étoient mortels aussi bien que luy, comme Porphyre le rapporte ? Et que pensez vous que voulut dire cette voix, qui fut entenduë dans tous les rivages d'Italie, & qui fit tant de frayeur à tous ceux qui se trouverent sur la mer ? LE GRAND PAN EST MORT. C'étoit les peuples de l'air, qui donnoient avis aux peuples des eaux, que le premier & le plus âgé des Sylphes venoit de mourir.

Lorsque cette voix fut entenduë (luy dis-je) il me semble, que le monde adoroit Pan & les Nymphes. Ces Messieurs, dont vous me prêchez le commerce, estoient donc les faux Dieux des Payens ?

Il est vray, mon fils (repartit-il.) Les Sages n'ont garde de croire, que le Demon ait jamais eu la puissance de se faire adorer. Il est trop mal-heureux & trop foible, pour avoir jamais eu ce plaisir & cette autorité. Mais il a pû persuader ces hostes des Elemens, de se montrer aux hommes, & de se faire dresser des Temples ; & par la domination naturelle, que chacun d'eux a sur l'Element qu'il habite ; ils troubloient l'air & la mer, ébranloient la terre, & dispensoient les feux du ciel à leur fantaisie : de sorte qu'ils n'avoient pas grand peine à estre pris pour des Divinitez, tandis que le souverain Estre negligea le salut des Nations. Mais le diable n'a pas receu de sa malice tout l'avantage qu'il en esperoit : car il est arrivé de-là que Pan, les Nymphes, & les autres peuples elementaires, ayāt trouvé moyen de changer ce commerce de culte en commerce d'amour ; (car il vous souvient bien que chez les Anciens, Pan étoit le Roy de ces Dieux qu'ils nommoient Dieux Incubes, & qui recherchoient fort les filles) plusieurs des Payens sont échappez au Demon, & ne brûleront pas dans les Enfers.

Je ne vous entens pas, Monsieur (repris-je.) Vous n'avez garde de m'entendre (continua-t-il en riant & d'un ton moqueur) voicy qui vous passe, & qui passeroit aussi tous vos Docteurs, qui ne sçavent ce que c'est que belle Physique. Voicy le grand Mystere de toute cette partie de Philosophie qui regarde les Elemens : & ce qui seurement vous ostera (si vous avez un peu d'amour pour vous mesme) cette repugnance si peu Philosophique, que vous me témoignez tout aujourd'huy. Sçachez donc, mon fils, & n'allez pas divulger ce grand Arcane[1] à quelque indigne ignorant. Sçachez que comme les Sylphes acquierent une ame immortelle, par l'alliāce qu'ils contractent avec les hommes qui sont predestinez :

---

[1] Terme de l'Art, pour dire secret.

de mesme les hommes qui n'ont point de droit à la Gloire eternelle ; ces infortunez à qui l'immortalité n'est qu'un avantage funeste ; pour lesquels le Messie n'a pas esté envoyé… Vous estes donc Jansenistes aussi, Messieurs les Cabalistes ? (interrompis-je) Nous ne sçavons ce que c'est mon enfant (reprit-il brusquement) & nous dédaignons de nous informer, en quoy consistent les Sectes differentes, & les diverses religions dont les ignorans s'infatuënt. Nous nous en tenons à l'ancienne religion de nos peres les Philosophes, de laquelle il faudra bien que je vous instruise un jour. Mais pour reprendre nostre propos : ces hômes de qui la triste immortalité ne seroit qu'une eternelle infortune ; ces malheureux enfans, que le souverain Pere a negligez, ont encore la resource, qu'ils peuvẽt devenir mortels en s'alliant avec les peuples elementaires. De sorte que vous voyez que les Sages ne risquent rien pour l'éternité ; s'ils sont predestinez, ils ont le plaisir de mener au Ciel (en quittant la prison de ce corps) la Sylphide ou la Nymphe qu'ils ont immortalisée : & s'ils ne sont pas predestinez, le commerce de la Sylphide rend leur ame mortelle, & les délivre des horreurs de la seconde mort. Ainsi le demon se vit échapper tous les Payens qui s'allierent aux Nymphes. Ainsi les Sages, ou les amis des Sages à qui Dieu nous inspire de cõmuniquer quelqu'un des quatre secrets elementaires (que je vous ay appris à peu prés) s'affranchissent du peril d'estre damnez.

Sans mentir, Monsieur (m'écriay-je) n'osant le remettre de mauvaise humeur, & trouvant à propos de differer de luy dire à plein mes sentimens, jusqu'à ce qu'il m'eût découvert tous les secrets de sa Cabale, (que je jugeay bien par cet échantillon devoir estre fort bizarres & recreatifs.) Sans mentir vous poussez bien avant la Sagesse ! & vous avez eu raison de dire, que cecy passeroit tous nos Docteurs. Je croy mesme que cecy passeroit tous nos Magistrats : & que s'ils pouvoient découvrir, qui sont ceux qui échappent au Demon par ce moyen ? comme l'ignorance est inique, ils prendroient les interests du Diable contre ces fugitifs, & leur fairoient mauvais party.

Aussi est-ce pour cela (reprit le comte) que je vous ay recommandé, & que je vous recommande saintement le secret. Vos Juges sont étranges ! ils condamnent une action tres-innoncente comme un crime tres-noir. Quelle barbarie ? d'avoir fait brûler ces deux Prestres, que le Prince de la Mirande dit avoir connus : qui avoient eu chacun sa Sylphide l'espace de quarãte ans ! Quelle inhumanité d'avoir fait mourir Jeanne Hervillier, qui avoit travaillé à immortaliser un Gnome durant trente & six ans ! Et quelle ignorance à Bodin de la traiter de Sorciere ; & de prendre sujet de son avanture, d'autoriser les chimeres populaires touchãt les pretendus Sorciers : par un livre aussi impertinent, que celuy de sa republique est raisonnable.

Mais il est tard, & je ne prens pas garde que vous n'avez pas encore mangé. C'est donc pour vous que vous parlez, Monsieur (luy dis-je) car pour moy je vous écouteray jusqu'à demain sans incommodité. Ah! pour moy (reprit-il en riant & marchant vers la porte) il paroist bien que vous ne sçavez gueres ce que c'est que Philosophie. Les Sages ne mangent que pour le plaisir, & jamais pour la necessité. J'avois une idée toute contraire de la Sagesse (repliquay-je) je croyois que le Sage ne deût manger que pour satisfaire à la necessité. Vous vous abusiez (dit le Comte) combien pensez vous que nos Sages peuvent durer sans manger ? Que puis-je sçavoir (luy dis-je.) Moyse & Elie s'en passerent quarante jours, vos Sages sont sans doute quelques jours moins. Le bel effort que ce seroit (reprit-il.) Le plus sçavant homme qui fut jamais, le Divin, le presque adorable Paracelse asseure qu'il a veu beaucoup de Sages, avoir passé des vingt années sans manger quoy que ce soit. Luy mesme avant qu'estre parvenu à la Monarchie de la Sagesse, dont nous luy avons justement deferé le sceptre ; il voulut essayer de vivre plusieurs années en ne prenant qu'vn demy scrupule de Quinte-essence solaire. Et si vous voulez avoir le plaisir de faire vivre quelqu'un sans manger ; vous n'avez qu'à preparer la terre, comme j'ai dit qu'on peut la preparer pour la societé des Gnomes. Cette terre appliquée sur le nombril, & renouvellée quand elle est trop seche, fait qu'on se passe de manger & de boire sans nulle peine : ainsi que le veridique Paracelse dit en avoir fait l'épreuve durant six mois.

Mais l'usage de la Medecine Catholique Cabalistique nous affranchit bien mieux de toutes les necessitez importunes, à quoy la Nature assujetit les ignorans. Nous ne mangeons que quand il nous plaist ; & toute la superfluité des viandes s'évanoüissant par transpiration insensible, nous n'avons jamais honte d'estre hommes. Il se teut alors, voyant que nous estions prés de nos gens. Nous allâmes au village prendre un leger repas, suivant la coûtume des Heros de Philosophie.

TROISIÈME ENTRETIEN
SUR LES SCIENCES SECRÈTES

Apres avoir disné, nous retournâmes au labyrinthe. J'étois réveur, & la pitié que j'avois de l'extravagance du Comte, de laquelle je jugeois bien qu'il me seroit difficile de le guerir, m'empêchoit de me divertir de tout ce qu'il m'avoit dit, autant que j'aurois fait, si j'eusse esperé de le ramener au bon sens. Je cherchois dans l'Antiquité quelque chose à luy opposer, où il ne peût répondre; car de luy alleguer les sentimens de l'Eglise, il m'avoit declaré qu'il ne s'en tenoit qu'à l'ancienne religion de ses Peres les Philosophes; & de vouloir convaincre un Cabaliste par raison, l'entreprise estoit de longue haleine : outre que je n'avois garde de disputer contre un homme de qui je ne sçavois pas encore tous les principes.

Il me vint dans l'esprit, que ce qu'il m'avoit dit des faux Dieux, ausquels il avoit substitué les Sylphes, & les autre peuples elementaires, pouvoit être refuté par les Oracles des Payens, que l'Ecriture traite par tout de Diables, & non pas de Sylphes. Mais comme je ne sçavois pas si dans les principes de sa Cabale, le Comte n'attribuëroit pas les réponses des Oracles à quelque cause naturelle ; je creus qu'il seroit à propos de luy faire expliquer à fonds ce qu'il en pensoit.

Il me donna lieu de le mettre en matiere, lors qu'avant que de s'engager dans le labyrinthe, il se tourna vers le jardin. Voila qui est assez beau (dit-il) & ces statuës font un assez bon effet. Le Cardinal (repartis-je) qui les fit apporter icy, avoit une imagination peu digne de son grand genie. Il croioit que la pluspart de ces figures rendoient autrefois des Oracles : & il les avoit achetées fort cher, sur ce pied-là. C'est la maladie de bien de gens (reprit le Comte.) L'ignorance fait commettre tous les jours une maniere d'idolatrie tres-criminelle ; puis que l'on conserve avec tant de soin, & qu'on tient si precieux les idoles dont l'on croit que le diable s'est autrefois servi pour se faire adorer. O Dieu ! ne sçaura-t-on jamais dans le monde, que vous avez dés la naissance des siecles precipité vos ennemis sous l'escabelle de vos pieds : & que vous tenez les Demons prisonniers sous la terre, dans le tourbillon de tenebres. Cette curiosité si peu loüable : d'assembler ainsi ces pretendus organes des Demons, pourroit devenir innocente (mon fils) si l'on vouloit se laisser persuader, qu'il n'a jamais esté permis aux Anges de tenebres, de parler dans les Oracles.

Je ne croy pas (interrompis-je) qu'il fût aisé détablir cela parmy les Curieux ;

mais il le seroit peut-estre parmi les esprits forts. Car il n'y a pas longtemps qu'il a esté decidé dans une Conferance faite exprés sur cette matiere, par des Esprits du premier Ordre ; que tous ces pretendus Oracles n'estoient qu'une supercherie de l'avarice des Prestres Gentils, ou qu'un artifice de la Politique des Souverains.

Etoient-ce (dit le comte) les Mahometans envoyez en Ambassade vers vostre Roy, qui tinrent cette Conferance, & qui deciderent ainsi cette Question ? Non, Monsieur, (répondis-je.) De quelle Religion sont donc ces Messieurs-là (repliqua-t-il) puis qu'ils ne content pour rien l'Ecriture divine, qui fait mention en tant de lieux, de tant d'Oracles differens ? & principalement des Pythons, qui faisoient leur residence, & qui rendoient leurs réponses, dans les parties destinées à la multiplication de l'Image de Dieu ? Je parlay (repliquay-je) de tous ces ventres discoureurs, & je fis remarquer à la Compagnie que le Roy Saül les avoit bannis de son Royaume, où il en trouva pourtant encore un la veille de sa mort, duquel la voix eut l'admirable puissance de ressusciter Samüel, à sa priere & à sa ruïne. Mais ces sçavans hommes ne laisserent pas de decider, qu'il n'y eut jamais d'Oracles.

Si l'Ecriture ne les touchoit pas (dit le comte) il falloit les convaincre par toute l'Antiquité ; dans laquelle il étoit facile de leur en faire voir mille preuves merveilleuses. Tant de vierges enceintes de la destinée des mortels, lesquelles enfantoient les bonnes ou les mauvaises avantures de ceux qui les consultoient. Que n'alleguiez vous Chrysostome, Origene, & Œcumenius ? qui font mention de ces hommes divins, que les Grecs nommoient *Engastrimandres*, de qui le ventre prophetique articuloit des Oracles si fameux. Et si vos Messieurs n'aiment pas l'Ecriture & les Peres ! Il falloit mettre en avant ces Filles miraculeuses, dont parle le Grec Pausanias ; qui se changeoient en colombes, & sous cette forme rendoient les Oracles celebres des *Colombes Dodonides*. Ou bien vous pouviez dire à la gloire de vôtre Nation ; qu'il y eût jadis dans la Gaule des Filles illustres, qui se metamorphosoient en toutes figures, au gré de ceux qui les consultoient, & qui, outre les fameux Oracles qu'elles rendoient, avoient un empire admirable sur les flots, & une authorité salutaire sur les plus incurables maladies.

On eût traité toutes ces belles preuves d'apocriphes (luy dis-je.) Est-ce que l'antiquité les rend suspectes ? (reprit-il) Vous n'aviez qu'à leur alleguer les Oracles, qui se rendent encore tous les jours. Et en quel endroit du môde ? (luy dis-je.) A Paris (repliqua-t-il.) A Paris ! (m'écriay-je.) Oüy à Paris (continua-t-il.) Vous estes maistre en Israël, & vous ne sçavez pas cela. Ne consulte-t-on pas tous les jours les Oracles aquatiques dans des verres d'eau ou dans des bassins ; & les Oracles aëriens dans des miroirs & sur la main des vierges ? Ne recouvre-t-on pas ainsi des chapelets perdus & des montres dérobées ? N'aprend-on pas ainsi des nouvelles des païs lointains, & ne voit-on pas les absens ? Hé Monsieur ! que me contez-vous là ? (luy dis-je.) Je vous raconte (reprit-il) ce que je suis seur qui arrive tous les jours ; & dont il ne seroit pas difficile de trouver mille témoins oculaires. Je ne croy pas cela, Monsieur (repartis-je.) Les Magistrats feroient quelque exemple d'une action si punissable, & on ne souffriroit pas que l'idolatrie… Ah que vous estes prompt ! (interrompit le Comte.) Il n'y a pas tant de mal que vous pensez en tout cela : & la Providence ne permettra pas, qu'on extirpe ce reste de Philosophie, qui s'est sauvé du naufrage lamentable, qu'a fait la verité. S'il reste encore quelque vestige parmy le peuple de la redoutable puissance des noms divins ; seriez-vous d'avis qu'on l'effaçât ? & qu'on perdît le respect & la reconnoissance qu'on doit au grand nom AGLA, qui opere toutes ces merveilles, lors mesme qu'il est invoqué par les ignorans, & par les pecheurs : & qui feroit bien d'autres miracles dans une bouche Cabalistique. Si vous eussiez voulu convaincre vos Messieurs de la verité des Oracles ; vous n'aviez qu'à exalter vostre imagination & vostre foy : & vous tournant vers l'Orient crier à haute vois AG… Monsieur (interrompis-je) je n'avois garde de faire cet espece d'argument, à d'aussi honnestes gens que le sont ceux avec qui j'estois ; ils m'eussent pris pour phanatique : car assurément ils n'ont point de foy en tout cela ; & quand j'eusse sceu l'operation Cabalistique dont vous me parlez, elle n'eut pas reüssi par ma bouche ; j'y ay encore moins de foy qu'eux. Bien bien (dit le Compte) si vous n'en avez pas, nous vous en ferons venir. Cependant si vous aviez crû que vos Messieurs n'eussent pas donné creance à ce qu'ils peuvent voir tous les jours à Paris : vous pouviez leur citer une histoire d'assez fraîche datte. L'Oracle que Celius Rhodiginus dit qu'il a veu luy-mesme, rendu sur la fin du siecle passé, par cet hôme extraordinaire, qui parloit & predisoit l'avenir par le mesme organe que l'Eurycles de Plutarque. Je n'eusse pas voulu (répondis-je) citer Rhodiginus : la citation eust esté pedantesque ; & puis on n'eust pas manqué de me dire, que cet homme étoit sans doute un demoniaque.

On eust dit cela tres-monacalement (reprit-il.) Monsieur (interrompis je) malgré l'aversion Cabalistique que je voy que vous avez pour les Moines, je ne puis que je ne sois pour eux en cette rencontre. Je croy qu'il n'y auroit pas tant de mal à nier tout à fait qu'il y ait jamais eu d'Oracles, que de dire que ce n'estoit pas le Demon qui parloit en eux. Car enfin les Peres & les Theologiens… Car enfin (interrompit-il) les Theologiens ne demeurent-ils pas d'accord que la sçavante Sambethé la plus ancienne des Sybiles étoit fille de Noé ? Hé ! qu'importe (repris-je) Plutarque (repliqua-t-il) ne dit-il pas que la plus anciëne Sybile fut la premiere qui rendit des Oracles à Delphes ? Cet esprit que Sambethé logeoit dans son sein n'étoit donc pas un diable, ny son Apollon un faux Dieu ; puis que l'idolatrie ne commença que long-temps aprés la division des langues : & il seroit peu vray-semblable d'attribuër au pere de mensonge les livres sacrez des Sybiles, & toutes les preuves de la veritable Religion que les Peres en ont tirées. Et puis, mon enfant (continua-t-il en riant) il ne vous appartient pas de rompre le mariage qu'un grand Cardinal a fait de David & de la Sybile, ny d'accuser ce sçavant personnage d'avoir mis en paralelle un grand Prophete & une malheureuse Energumene. Car, ou David fortifie le témoignage de la Sybile, ou la Sybile affoiblit l'authorité de David. Je vous prie, Monsieur (interrompis-je) reprenez vostre serieux.

Je le veux bien (dit-il) à condition que vous ne m'accuserez pas de l'estre trop. Le Demon à vôtre avis, est-il jamais divisé de luy-même ? & est-il quelque fois contre ses interest ? Pourquoy non ? (luy dis-je.) Pourquoy non ? (dit-il) Parce que celuy que Tertullien a si heureusement & si magnifiquement apellé la Raison de Dieu, ne le trouve pas à propos. Satan n'est jamais divisé de luy-mesme. Il s'ensuit donc, ou que le Demon n'a jamais parlé dans les Oracles, ou qu'il n'y a jamais parlé contre ses interets. Il s'ensuit donc, que si les Oracles ont parlé contre les interest du Demon, ce n'étoit pas le Demon qui parloit dans les Oracles. Mais Dieu n'a-t-il pas pû forcer le Demon (luy dis-je) de rendre témoignage à la verité & de parler contre luy-mesme ? Mais (reprit-il) si Dieu ne l'y a pas forcé. Ah ! en ce cas là (repliquay-je) vous aurez plus de raison que les Moines.

Voyons-le, poursuivit-il, & pour proceder invinciblement & de bonne-foy : je ne veux pas amener les témoignages des Oracles que les Peres de l'Eglise raportent ; quoy que je sois persuadé de la veneration que vous avez pour ces grands hommes. Leur Religion & l'interest qu'ils avoient à l'affaire pourroit les avoir prevenus, & leur amour pour la verité pourroit avoir fait, que la voyant assez pauvre & assez nuë dans leurs siecles, ils auroient emprunté pour la parer, quelque habit & quelque ornement du mensonge mesme : ils étoient hommes & ils peuvent par consequent suivant la maxime du Poëte de la Sinagogue avoir esté témoins infideles.

Je vas donc prendre un homme qui ne peut estre suspect en cette cause : Payen, & Payen d'autre espece que Lucrece ou Lucien ou les Epicuriens, un Payen infatué qu'il est des Dieux & des Demons sans nôbre, superstitieux outre mesure, grand Magicien, ou soy-disant tel, & par consequent grand Partisan des Diables, c'est Porphire. Voicy mot pour mot quelques Oracles qu'il raporte.

Oracle

Il y a au dessus du feu celeste une Flamme incorruptible, toûjours étincellante, source de la vie, fontaine de tous les estres, & principe de toutes choses. Cette Flamme produit tout, & rien ne perit que ce qu'elle consume. Elle se fait connoistre par elle-même; ce feu ne peut estre contenu en aucun lieu; il est sans corps & sans matiere, il environne les Cieux, & il sort de luy une petite étincelle qui fait tout le feu du Soleil, de la Lune, & des Etoiles. Voila ce que je sçay de Dieu : ne cherche pas à en sçavoir davantage, car cela passe ta portée, quelque Sage que tu sois. Au reste sçache que l'homme injuste & méchant ne peut se cacher devant Dieu. Ny adresse ny excuse ne peuvent rien deguiser à ses yeux perçans. Tout est plein de Dieu, Dieu est par tout.

Vous voyez bien (mon fils) que cet Oracle ne sent pas trop son Demon. Du moins (répondis-je) le Demon y sort assez de son caractere : En voicy un autre (dit-il) qui presche encore mieux.

Oracle

Il y a en Dieu une immense profondeur de flamme : le cœur ne doit pourtant pas craindre de toucher à ce feu adorable, ou d'en être touché; il ne sera point cõsumé par ce feu si doux, dont la chaleur tranquille & paisible, fait la liaison, l'harmonie, & la durée du mõde. Rien ne subsiste que par ce feu, qui est Dieu même. Personne ne l'a engendré, il est sans mere, il sçait tout, & on ne luy peut rien apprendre : il est inébranlable dans ses desseins, & son Nom est ineffable. Voila ce que c'est que Dieu; car pour nõs qui sõmes ses Messagers, NOUS NE SOMMES QU'UNE PETITE PARTIE DE DIEU.

Hé bien ! que dites vous de celuy-là. Je dirois de tous les deux (repliquay-je) que Dieu peut forcer le pere du mensonge à rendre témoignage à la Verité. En voicy un autre (reprit le Comte) qui va vous lever ce scrupule.

Oracle

Helas Trepieds ! pleurez, & faites l'Oraison funebre de vôtre Apollon; IL EST MORTEL, IL VA MOURIR, IL S'ESTEINT; parce que la lumiere de la flamme celeste le fait éteindre.

Vous voyez bien (mon enfant) que qui que ce puisse estre qui parle dans ces Oracles, & qui explique si bien aux Payens l'Essence, l'Unité, l'Immẽsité, l'Eternité de Dieu. Il avoüe qu'il est mortel & qu'il n'est qu'une étincelle de Dieu. Ce n'est donc pas le Demon qui parle puis qu'il est immortel, & que Dieu ne le forceroit pas à dire qu'il ne l'est point. Il est arresté que Sathan ne se divise point contre luy-mesme. Est-ce le moyen de se faire adorer que de dire qu'il n'y a qu'un

Dieu. Il dit qu'il est mortel; depuis quand le Diable est-il si humble que de s'oster mesme ses qualitez naturelles. Vous voyez donc, mon fils, que si le principe de celuy qui s'appelle par excellëce le Dieu des Sciences, subsiste; ce ne peut estre le Demon qui a parlé dans les Oracles.

Mais si ce n'est pas le Demon (luy dis-je) ou mentant de gayeté de cœur, quand il se dit mortel; ou disant vray par force, quand il parle de Dieu : à quoy donc vostre Cabale attribuëra-t-elle tous les Oracles, que vous soûtenez qui ont effectivement esté rendus? Sera-ce à l'exhalaison de la terre, comme Aristote, Ciceron, & Plutarque? Ah! non pas cela, mon enfant (dit le Comte.) Graces à la sacrée Cabale, je n'ay pas l'imagination blessée jusqu'à ce point là. Comment! (repliquay-je) tenez-vous cette opinion là fort visionaire? Ses partisans sont pourtant gens de bon sens. Ils ne le sont pas, mon fils, en ce point icy (continua-t-il) & il est impossible d'attribuer à cette exhalaison tout ce qui s'est passé dans les Oracles. Par exëple cét homme, chés Tacite, qui apparoissoit en songe aux Prestres d'un Temple d'Hercule en Armenie, & qui leur cõmadoit de luy tenir prests des coureurs équipés pour la chasse. Jusques là, ce pourroit estre l'exhalaison: mais quand ces coureurs revenoient le soir tout outrez, & les carquois vuides de fleches; & que le lendemain on trouvoit autant de bestes mortes dans la forest qu'on avoit mis de fleches dans les carquois; vous voyez bien que ce ne pouvoit pas estre l'exhalaison qui faisoit cét effet. C'estoit encore moins le Diable; car ce seroit avoir une notion peu raisõnable & peu Cabalistique du malheur de l'ënemy de Dieu, de croire qu'il luy fût permis de se divertir à courir la bische & le lievre.

A quoy donc la sacrée Cabale (luy dis-je) attribuë-t-elle tout cela? Attendez (répondit-il.) Avant que je vous découvre ce mystere, il faut que je guerisse bien vostre esprit de la prevention où vous pourriez estre pour cette pretenduë exhalaison; car il me semble que vous avez cité avec emphase Aristote, Plutarque, & Ciceron. Vous pouviez encore citer Jamblique, qui tout grand esprit qu'il estoit, fut quelque temps dans cette erreur, qu'il quitta pourtant bien-tost, quand il eut examiné la chose de prés, dans le livre des mysteres.

Pierre d'Apone, Pomponace, Levinius, Sirenius, & Lucilio Vanino, sont ravis encore, d'avoir trouvé cette défaite dans quelques-uns des Anciens. Tous ces pretendus esprits forts, qui quand ils parlent des choses divines, disent plûtost ce qu'ils desirent, que ce qu'ils connoissent; ne veulent pas avoüer rien de sur-humain dans les Oracles, de peur de recõnoitre quelque chose au dessus de l'homme. Ils ont peur qu'on leur fasse une échelle pour monter jusqu'à Dieu, qu'ils craignent de connoistre par les degrez des creatures spirituelles; & ils aiment mieux s'en fabriquer une pour descendre dans le neant. Au lieu de s'élever vers le Ciel ils creusent la terre, & au lieu de chercher dans des estres superieurs à l'hôme, la cause de ces transports qui l'élevent au dessus de luy-mesme & le rendent une maniere de divinite; ils attribuent foiblement à des exhalaisons impuissantes cette force de penetrer dans l'avenir, de découvrir les choses cachées, & de s'élever jusqu'aux plus hauts secrets de l'Essence divine.

Telle est la misere de l'homme, quand l'esprit de contradiction & l'humeur de penser autrement que les autres le possede! bien loin de parvenir à ses fins, il s'enveloppe & s'entrave. Ces libertins ne veulent pas assujettir l'homme à des substances moins materielle que luy, & ils l'assujetissent à une exhalaison: & sans considerer qu'il n'y a nul raport entre cette chimerique fumée & l'ame de l'homme, entre cette vapeur & les choses futures, entre cette cause frivole & ces effets miraculeux; il leur suffit d'être singuliers pour croire qu'ils sont raisonnables. C'est assez pour eux de nier les esprits & de faire les esprits forts.

La singularité vous déplaist donc fort, Monsieur? (interrompis-je,) Ah! mon fils (me dit-il) c'est la peste du bon sens & la pierre d'achopement des plus grands esprits. Aristote tout grand Logicien qu'il est n'a sçeu éviter le piege ou la fantaisie de la singularité, meine ceux qu'elle travaille aussi violament que luy; il n'a sçeu éviter (dis-je) de s'embarasser & de se couper. Il dit dans le Livre de la generation des Animaux & dans ses Morales, que l'esprit & l'entendement de l'hôme luy vient de dehors, & qu'il ne peut nous venir de nôtre pere: & par la spiritualité des operations de nôtre ame il cōclut qu'elle est d'une autre nature que ce cōposé materiel qu'elle anime, & dont la grossiereté ne fait qu'offusquer les speculations, bien loin de contribuer à leur production. Aveugle Aristote puis que selon nôtre composé materiel ne peut estre la source de nos pensée spirituelle, cōment entendez-vous qu'une foible exhalaison puisse estre la cause des pensées sublimes, & de l'essor que prennent les Pythiens qui rendent les Oracles. Vous voyez-bien (mon enfant) que cét esprit fort se coupe, & que sa singularité le fait égarer. Vous raisōnez fort juste, Monsieur (luy dis-je ravy de voir en effet qu'il parloit de fort bon sens, & esperant que sa folie ne seroit pas un mal incurable) Dieu veüille que…

Plutarque si solide d'ailleurs (continua-t-il en m'interrompant) fait pitié dans son dialogue, pourquoy les Oracles ont cessé. Il se fait objecter des choses convaincantes qu'il ne resout point. Que ne répond-il donc à ce qu'on luy dit; que si c'est l'exhalaison qui fait ce transport, tous ceux qui aprochent du Trepied fatidique seroient saisis de l'entousiame, & non pas une seule fille encore faut-il qu'elle soit Vierge. Mais cōment cette vapeur peut-elle articuler des voix par le ventre. De plus cette exhalaison est une cause naturelle & necessaire qui doit faire son effet regulierement & toûjours; pourquoy cette fille n'est-elle agitée que quand on la consulte ? Et ce qui presse le plus, pourquoy la terre a-t-elle cessé de pousser ainsi des vapeurs divines ? Est-elle moins terre qu'elle n'estoit ? reçoit-elle d'autre influances ? a-t-elle d'autres mers & d'autres fleuves ? Qui a donc ainsi bouché ses pores ou changé sa nature ?

J'admire Pomponace, Lucille & les autres libertins, d'avoir pris l'idée de Plutarque, & d'avoir abandonné la maniere dont il s'explique. Il avoit parlé plus judicieusement que Ciceron & Aristote, comme il estoit homme de fort bon sens ; & ne sçachant que conclure de tous ces Oracles, apres une ennuyeuse irresolution, il s'étoit fixé que cette exhalaison qu'il croyoit qui sortoit de la terre, étoit un esprit tres-divin : ainsi il attribuoit à la divinité ces mouvemens & ces lumiere extraordinaires des Prestresses d'Apollon. *Cette vapeur divinatrice est* (dit-il) *une halaine & un esprit tres-divin & tres-Saint.* Pomponace, Lucile, & les Athées modernes, ne s'accomodent pas de ces façons de parler qui supposent la divinité. Ces exhalaisons (disent-ils) étoient de la nature des vapeurs qui infestent les Atrabilaires, lesquels parlent des langues qu'ils n'entendent pas. Mais Fernel refute assez-bien ces impies en prouvant, que la bile, qui est une humeur peccante ne peut causer cette diversité de langues, qui est un des plus merveilleux effets de la consideration, & une expression artificielle de nos pensées. Il a pourtant decidé la chose imparfaiment, quand il a souscrit à Psellus, & à tous ceux qui n'ont pas penetré assez avant dans nôtre sainte Philosophie. Ne sçachant où prendre les causes de ces effets si surprenans, il a fait comme les femmes & les Moines, & les a attribuez au Demon. A qui donc faudra-t-il les attribuer (luy dis-je ?) Il y a longtemps que j'attends ce secret Cabalistique.

Plutarque même l'a tres-bien marqué (me dit-il) & il eut bien fait de s'en tenir là. Cette maniere irreguliere de s'expliquer par un organe indecent, n'étant pas assez grave & assez digne de la Majesté des Dieux (dit ce Payen) & ce que les Oracles disoient surpassant aussi les forces de l'ame de l'homme ; ceux-là qui ont rendu un grand service à la Philosophie, qui ont estably des creatures mortelles entre les dieux & l'homme, ausquelles on peut rapporter tout ce qui surpasse la foiblesse humaine, & qui n'aproche pas de la grandeur divine.

Cette opinion est de toute l'ancienne Philosophie. Les Platoniciens & les Pytagoriciens l'avoient prise des Egyptiens, & ceux-ci de Joseph le Sauveur, & des Hebreux qui habiterent en Egypte avant le passage de la mer rouge. Les Hebreux appelloient ces substance qui sont entre l'Ange & l'hôme, *Sadaim* ; & les Grecs transposant les sillabes & n'ajoûtant qu'une lettre, les ont appellez Daimonas. Ces Demons sont chez les anciens Philosophes une gent aërienne, dominante sur les elemens, mortelle, engendrante, méconnuë dans ce siecle par ceux qui recherchent peu la vérité dans son anciène demeure, c'est à dire dans la Cabale

& dãs la Theologie des Hebreux, lesquels avoient pardevers eux l'Art particulier d'entretenir cette Nation aërienne, & de converser avec tous ces habitans de l'air.

Vous voila je pense encore revenu à vos Sylphes, Monsieur (interrompis-je) oüy, mon fils (continua-t-il.) Le Theraphim des Juifs n'estoit que la ceremonie qu'il faloit observer pour ce commerce: & ce Juif Michas qui se plaint dans le Livre des Juges, qu'on luy a enlevé ses Dieux, ne pleure que la perte de la petite Statuë dans laquelle les Sylphes l'entretenoient. Les Dieux que Rachel déroba à son pere étoit encore un Theraphim. Michas ny Laban ne sont pas repris d'idolatrie, & Jacob n'eut eu garde de vivre quatorze ans avec un Idolatre, ny d'en épouser la fille: ce n'estoit qu'un commerce de Sylphes; & nous sçavons par tradition, que la Synagogue tenoit ce commerce permis, & que l'Idole de la femme de David n'estoit que le Theraphim à la faveur duquel elle entretenoit les peuples elementaires: car vous jugez bien que le Prophete du cœur de Dieu n'eût pas souffert l'idolatrie dans sa maison.

Ces nations elementaires tant que Dieu negligea le salut du monde en punition du premier peché, prenoient plaisir à expliquer aux hommes dans les Oracles ce qu'elle sçavoient de Dieu; à leur montrer à vivre moralement; à leur donner des conseils tres-sages & tres-utiles, tels qu'on en voit grand nombre chez Plutarque & dans tous les Historiens. Dés que Dieu prit pitié du monde & voulut devenir luy-mesme son Docteur, ces petits maistres se retirent. De la vint le silence des Oracles.

Il resulte donc de tout vostre discours, Monsieur (repartis-je) qu'il y a eu asseurément des Oracles, & que c'estoit les Sylphes qui les rendoient & qui les rendent mesme tous les jours dans des verres ou dans des miroirs. Les Sylphes ou les Salamandres, les Gnomes ou les Ondins (reprit le Comte.) Si cela est, Monsieur (repliquay-je) tous vos peuples elementaires, sont bien mal-honnestes gens. Pourquoi donc (dit-il.) Hé peut-on rien voir de plus fripon (poursuivis-je) que toutes ces réponces à double sens qu'ils donnoient toûjours. Toûjours (reprit-il.) Ha! non pas toûjours. Cette Sylphide qui apparut à ce Romain en Asie & qui luy predit qu'il y reviendroit un jour avec la dignité de Proconsul, parloit-elle bien obscuremët? Et Tacite ne dit-il pas que la chose arriva comme elle avoit esté predite? Cette inscription & ces Statuës fameuses dans l'Histoire d'Espagne, qui aprirent au malheureux Roy Rodrigues, que sa curiosité & son incontinence seroient punies par les hômes habillés & armés de même qu'elles l'estoient, & que ces hômes noirs s'empareroiët de l'Espagne & y regneroient long-temps. Tout cela pouvoit-il estre plus clair, & l'événement ne le justifia-t-il pas l'année mesme? les Mores ne vinrent-ils pas détroner ce Roy effeminé? vous en sçavez l'histoire: & vous voyez bien que le Diable qui depuis le regne du Messie ne dispose pas des empires, n'a pas dû estre autheur de cét Oracle; & que ç'a esté asseurément quelque grand Cabaliste, qui l'avoit appris de quelque Salamandre des plus sçavans. Car comme les Salamandres aiment fort la chasteté, ils nous aprennent volontiers les malheurs qui doivent arriver au monde par le defaut de cette vertu.

Mais Monsieur (luy dis-je) trouvez-vous bien chaste & bien digne de la pudeur Cabalistique, cét Organe heteroclit dont ils se servoient pour prescher leur Morale. Ah! pour cette fois (dit le Comte en riant) vous avez l'imagination blessée, & vous ne voyez pas la raison Phisique qui fait, que le Salamandre enflammé se plaist naturellement dans les lieux les plus ignées, & est attiré par... j'entens, j'entens (interrompis-je) ce n'est pas la peine de vous expliquer plus au long.

Quand à l'obscurité de quelques Oracles (poursuivit-il serieusement) que vous appellés friponnerie, les tenebres ne sont-elles pas l'habit ordinaire de la verité. Dieu ne se plaist-il pas à se cacher de leur voile sombre, & l'Oracle continuel qu'il a laissé à ses enfans, la divine Escriture n'est-elle pas envelopée d'une adorable obscurité, qui confond & fait égarer les superbes autant que sa lumiere guide les humbles.

Si vous n'avez que cette difficulté, mon fils, je ne vous conseille pas de differer d'entrer en commerce avec les peuples elementaires. Vous les trouverez tres-honestes gens, sçavans, bienfaisans, craignans Dieu. Je suis d'avis que vous commenciez par les Salamandres: car vous avez un Mars au haut du Ciel dans vostre figure; ce qui veut dire qu'il y a bien du feu dans toutes vos actions. Et pour le Mariage je suis d'avis que vous preniez une Sylphide; car vous serez plus heureux avec elle qu'avec les autres: car vous avez Jupiter à la pointe de vostre ascendant que Venus regarde d'un sextil. Or Jupiter preside à l'air & aux peuples de l'air. Toutesfois il faut consulter vostre cœur là dessus; car comme vous verrez un jour, c'est par les astres interieurs que le Sage se gouverne, & les astres du ciel exterieur ne servent qu'à luy faire connoistre plus seurement les aspects des astres du Ciel interieur qui est en chaque creature. Ainsi, c'est à vous à me dire maintenant quelle est vôtre inclination, afin que nous procedions à vostre alliance avec les peuples elementaires qui vous plairont le mieux. Monsieur, (répondis-je) cette affaire demande à mon avis un peu de consultation. Je vous estime de cette réponse (me dit-il) mettant la main sur mon épaule. Consultez meurement cette affaire, sur tout avec celuy qui se nomme par excellence l'Ange du grand Conseil: allez vous mettre en priere, & j'iray demain chez vous à deux heures apres midy.

Nous revinsmes à Paris, je le remis durant le chemin sur le discours contre les

Athées & les Libertins : je n'ay jamais oüy si bien raisonner ny dire des choses si hautes & si solides pour l'existence de Dieu, & contre l'aveuglement de ceux qui passent leur vie sans se donner tout entiers à un culte serieux & continuel de celuy, de qui nous tenons & qui nous conserve nostre estre. J'étois surpris du caractere de cét homme, & je ne pouvois comprendre comme il pouvoit estre tout à la fois, si fort, & si foible : si admirable & si ridicule.

QUATRIÈME ENTRETIEN
SUR LES SCIENCES SECRÈTES

J'attendis chez moy Monsieur le Comte de Gabalis, comme nous l'avions arresté en nous quittant. Il vint à l'heure marquée, & m'abordant d'un air riant; Hé bien! mon fils (me dit-il) pour quelle espece de peuples invisibles Dieu vous donne-t-il plus de penchant, & quelle alliance aimerez vous mieux, celle des Salamandres ou des Gnomes, des Nymphes ou des Sylphides? Je n'ay pas encore tout-à-fait resolu ce mariage, Monsieur (repartis-je) A quoy tient-il donc? (reprit-il) Franchement, Monsieur (luy dis-je) je ne puis guerir mon imagination; elle me represente toûjours ces pretendus hostes des elemens comme des Tiercelets de Diables. O! Seigneur (s'écria-t-il) dissipez ô Dieu de lumiere, les tenebres que l'ignorance & la perverse éducation ont répandu dans l'esprit de cét Eleu, que vous m'avez fait connoistre que vous destinez à de si grandes choses. Et vous, mon fils, ne fermez pas le passage à la verité qui veut entrer chez vous; soyez docile. Mais non, je vous dispense de l'estre: car aussi bien est-il injurieux à la verité de luy preparer les voyes. Ele sçait forcer les portes de fer, & entrer où elle veut, malgré toute la resistance du mensonge. Que pouvez-vous avoir à luy opposer? Est-ce que Dieu n'a pû créer ces substâces dans les elemens telles que je les ay dépeintes?

Je n'ay pas examiné (luy dis je) s'il y a de l'impossibilité dãs la chose même; si un seul element peut fournir du sang, de la chair, & des os: s'il y peut avoir un temperament sans mélange, & des actions sans contrarieté: mais supposé que Dieu ait pû le faire, quelle preuve solide y a t-il qu'il l'a fait?

Voulez vous en estre convaincu tout à l'heure (reprit-il) sans tant de façons. Je m'en vas faire venir les Sylphes de Cardan; vous entendrez de leur propre bouche ce qu'ils sont, & ce que je vous en ay appris. Non pas cela, Monsieur, s'il vous plaist (m'écriay-je brusquement) differez je vous en conjure, cette espece de preuve, jusqu'à ce que je sois persuadé que ces gens-là ne sont pas ennemis de Dieu: car jusques là j'aimerois mieux mourir que de faire ce tort à ma conscience de…

Voilà, voilà l'ignorante & la fausse pieté de ces temps malheureux (interrompit le Comte d'un ton colere.) Que n'efface-t-on donc du Calandrier des Saints le plus grand des Anachoretes? Et que ne brûle-t-on ses statuës? C'est grand dommage qu'on n'insulte à ses cendres venerables! & qu'on ne les jette au vent, comme on feroit celles des malheureux qui sont accusez d'avoir eu commerce avec les Demons. S'est-il avisé d'exorciser les Sylphes? & ne les a-t-il pas traitez en hommes? Qu'avez-vous à dire à cela, Monsieur le scrupuleux, vous, & tous vos Docteurs miserables? Le Sylphe qui discourut de sa nature à ce Patriarche, à vostre avis, estoit-ce un Tiercelet de Demon? Est-ce avec un Lutin que cét hõme incomparable confera de l'Evangile? Et l'accuserez-vous d'avoir profané les Mysteres adorables en s'en entretenant avec un Phantôme ennemy de Dieu? Athanase & Jerôme sont donc bien indignes du grand nom qu'ils ont parmy vos Sçavans, d'avoir écrit avec tant d'éloquence l'eloge d'un homme qui traitoit les Diables si humainement. S'ils prenoient ce Sylphe pour un Diable, il falloit ou cacher l'avanture, ou retrancher la predicatiõ en esprit, ou cette apostrophe si pathetique que l'Anachorete plus zelé & plus credule que vous, fait à la ville d'Alexandrie; & s'ils l'ont pris pour une creature ayant part, cõme il l'assuroit, à la redemption aussi bien que nous; & si cette apparition est à leur avis une grace extraordinaire que Dieu faisoit au Saint dont ils écrivent la vie; Estes-vous raisonnable, de vouloir estre plus sçavant qu'Athanase & Jerôme, & plus saint que le divin Antoine? Qu'eussiez-vous dit à cét homme admirable si vous aviez esté du nombre des dix mille Solitaires à qui il raconta la conversation qu'il venoit d'avoir avec le Sylphe? Plus sage & plus éclairé que tous ces Anges terestres, vous eussiez sans doute remontré au saint Abbé, que toute son avanture n'étoit qu'une pure illusion, & vous eussiez dissuadé son Disciple Athanase, de faire sçavoir à toute la terre une histoire si peu conforme à la Religion, à la Philosophie, & au sens commun. N'est-il pas vray?

Il est vray (luy dis-je) que j'eusse esté d'avis, ou de n'en rien dire du tout, ou d'en dire davantage. Athanase & Jerôme n'avoient garde (reprit-il) d'en dire davantage; car ils n'en sçavoient que cela, & quand ils auroient tout sceu, ce qui ne peut estre si on n'est des nôtres, ils n'eussent pas divulgué temerairement les secrets de la Sagesse.

Mais pourquoy? (repartis-je) ce Sylphe ne proposa-t-il pas à saint Antoine ce que vous me proposez aujourd'huy? Quoy (dit le Comte en riant) le mariage? Ha! c'eust esté bien à propos? Il est vray (repris-je) qu'apparamment le bon homme n'eût pas accepté le party. Non seurement (dit le Comte) car c'eût esté tenter Dieu de se marier à cét âge-là, & de luy demander des enfans? Comment (repris-je) est-ce qu'on se marie à ces Sylphes pour en avoir des enfans? Pourquoy donc, (dit-il) est-ce qu'il est jamais permis de se marier pour une autre fin? Je ne pensois pas (répondis-je) qu'on en pretendît lignée, & je croyois seulement que tout cela n'aboutissoit qu'à immortaliser les Sylphides.

Ha! vous aviez tort (poursuivit-il) la charité des Philosophes fait qu'ils se propsent pour fin l'immortalité des Sylphides: mais la nature fait qu'ils desirent de les voir fecondes. Vous verrez quand vous voudrez dans les air ces familles Philosophiques. Heureux le monde, s'il n'avoit que de ces familles, & s'il n'y avoit pas des enfans de peché. Qu'appellez-vous enfans de peché, Monsieur (interrompis-je.)

Ce sont, mon fils (continua-t-il) ce sont tous les enfans qui naissent par la voye ordinaire; enfans conceus par la volonté de la chair, non pas par la volonté de Dieu; enfans de colere & de malediction, en un mot, enfans de l'homme & de la femme. Vous avez envie de m'interrompre; je voy bien ce que vous voudriez me dire. Oüy, mon enfant, sçachez que ce ne fut jamais la volonté du Seigneur que l'homme & la femme eussent des enfans comme ils en ont. Le dessein du tres-sage Ouvrier estoit bien plus noble; il vouloit bien autrement peupler le monde qu'il ne l'est. Si le miserable Adam n'eust pas desobey grossierement à l'ordre qu'il avoit de Dieu de ne toucher point à Eve; & qu'il se fust contenté de tout le reste des fruits du Jardin de volupté, de toutes les beautez des Nymphes & des Sylphides; le monde n'eût pas eu la honte de se voir remply d'hommes si imparfaits, qu'ils peuvent passer pour des monstres auprés des enfans des Philosophes.

Quoy, Monsieur (luy dis-je) vous croyez, à ce que je voy, que le crime d'Adam est autre chose qu'avoir mangé la pomme? Quoy, mon fils (reprit le Comte) estes-vous du nombre de ceux qui ont la simplicité de prendre l'histoire de la pomme à la lettre? Ha! sçachez que la langue sainte use de ces innocentes metaphores pour éloigner de nous les idées peu honestes d'une action qui a causé tous les malheurs du genre humain. Ainsi quand Salomon disoit, je veux monter sur la palme, & j'en veux cüeillir les fruits; il avoit un autre appetit que de manger des dattes. Cette langue que les Anges consacrent, & dont ils se servent pour chanter des Hymnes au Dieu vivant, n'a point de terme qui exprime ce qu'elle nomme figurément, l'appellant pomme ou datte. Mais le Sage démesle aisément ces chastes figures. Quand il voit que le goust & la bouche d'Eve ne sont point punis, & qu'elle accouche avec douleur; il connoist que ce n'est pas le goust qui est criminel: & découvrant quel fut le premier peché par le soin que prirent les premiers pecheurs de cacher avec des feüilles certains endroits de leur corps, il conclût que Dieu ne vouloit pas que les hommes fussent multipliés par cette lâche voye. O Adam! tu ne devois engendrer que des hommes semblables à toy, ou n'engendrer que des Heros ou des Geans.

Hé! quel expedient avoit-il (interrompis-je) pour l'une ou pour l'autre de ces generations merveilleuses. Obeïr à Dieu (repliqua-t-il) ne toucher qu'aux Nymphes, aux Gnomes, aux Sylphides, ou aux Salamandres. Ainsi il n'eût veu naistre que des Heros, & l'Univers eût esté peuplé de gens tous merveilleux, & remplis de force & de sagesse. Dieu a voulu faire conjecturer la difference qu'il y eût eu entre ce monde innocent & le monde coupable que nous voyons, en permettant de temps en temps qu'on vît des enfans nez de la sorte qu'il l'avoit projetté? On a donc veu quelqufois, Monsieur (luy dis-je) de ces enfans des elemens? Et un Licencié de Sorbonne qui me citoit l'autre jour S. Augustin, S. Jerôme, & Gregoire de Nazianze, s'est donc mépris, en croyant qu'il ne peut naistre aucun fruit de ces amours des esprits pour nos femmes, ou du commerce que peuvent avoir les hommes avec certains Demons qu'il nommoit Hyphialtes.

Lactance a mieux raisonné (reprit le Comte) & le solide Thomas d'Aquin a sçavamment resolu, que non seulement ces commerces peuvent estre feconds : mais que les enfans qui en naissent sont d'une nature bien plus genereuse & plus heroïque. Vous lirez en effet quand il vous plaira les hauts faits de ces hommes puissants & fameux, que Moyse dit qui sont nez de la sorte ; nous en avons les Histoires par devers nous dans le Livre des guerres du Seigneur, cité au vingt-troisiéme chapitre des Nombres. Cependant jugez de ce que le monde seroit, si tous ces habitans ressembloient par exemple à Zoroastre.

Zoroastre (luy dis-je) qu'on dit qui est auteur de la Necromance? C'est luy-mesme (dit le Comte) de qui les ignorans ont écrit cette calomnie. Il avoit l'honneur d'estre fils du Salamandre Oromasis, & de Vesta femme de Noé. Il vécut douze cens ans le plus sage Monarque du monde, & puis fut enlevé par son pere Oromasis dans la region des Salamandres. Je ne doute pas (luy dis-je) que Zoroastre ne soit avec le Salamandre Oromasis dans la region du feu : mais je ne voudrois pas faire à Noé l'outrage que vous luy faites.

L'outrage n'est pas si grand que vous pourriez croire ; (reprit le Comte) tous ces Patriarches-là tenoient à grand honneur d'estre les peres putatifs des enfans, que les enfans de Dieu vouloient avoir de leurs femmes : mais cecy est encore trop fort pour vous. Revenons à Oromasis ; il fut aimé de Vesta femme de Noé. Cette Vesta estant morte fut le genie tutelaire de Rome & le feu sacré qu'elle vouloit que des Vierges conservassent avec tant de soin, étoit en l'honneur du Salamandre son Amant. Outre Zoroastre il nâquit de leur amour une fille d'une beauté rare, & d'une sagesse extréme ; c'étoit la divine Egerie, de qui Numa Pompilius receut toutes ses Loix. Elle obligea Numa, qu'elle aimoit, de faire bastir un Temple à Vesta sa mere, où on entretiendroit le feu sacré en l'honneur de son pere Oromasis. Voilà la verité de la Fable, que les Poëtes & les Historiens Romains ont contée de cette Nymphe Egerie. Guillaume Postel le moins ignorant de tous ceux qui ont étudié la Cabale dans les Livres ordinaires, a sceu que Vesta estoit femme de Noé : mais il a ignoré qu'Egerie fut fille de cette Vesta ; & n'ayant pas leû les Livres secrets de l'ancienne Cabale, dont le Prince de la Mirande acheta si cherement un exemplaire ; il a confondu les choses, & a creu seulement qu'Egerie estoit le bon Genie de la femme de Noé. Nous aprenons dans ces Livres, qu'Egerie fut conceuë sur l'eauë lors que Noé erroit sur les flots vangeurs qui inondoient l'Univers : les femmes estoient alors reduites à ce petit nombre, qui se sauverent dans l'Arche Cabalistique, que ce second pere du monde avoit bastie ; ce grand homme gemissant de voir le chastiment épouventable dont le Seigneur punissoit les crimes causez par l'amour qu'Adam avoit eu pour son Eve ; voyant qu'Adam avoit perdu sa posterité en preferant Eve aux filles des elemens, & en l'ostant à celuy des Salamandre ou des Sylphes qui eût sceu se faire aimer à elle. Noé (dis-je) devenu sage par l'exemple funeste d'Adam, consentit que Vesta sa femme se donnât au Salamandre Oromasis, Prince des substances ignées ; & persuada ses trois enfants de ceder aussi leurs trois femmes aux Princes des trois autres elemens. L'Univers fut en peu de temps repeuplé d'hommes heroïques, si sçavans, si beaux, si admirables, que leur posterité ébloüie de leurs vertus les a pris pour des Divinitez. Un des enfants de Noé rebelle au conseil de son pere, ne put resister aux attraits de sa femme, non plus qu'Adam aux charmes de son Eve : mais comme le peché d'Adam avoit noircy toutes les ames de ses descendans, le peu de complaisance que Cham eut pour les Sylphes, marqua toute sa noire posterité. De là vient (disent nos Cabalistes) le tein horrible des Ethiopiens, & de tous ces peuples hideux, à qui il est commandé d'habiter sous la Zone Torride, en punition de l'ardeur profane de leur pere.

Voilà des traits bien particuliers, Monsieur (dis-je admirant l'égarement de cét homme) & vostre Cabale est d'un merveilleux usage pour éclaircir l'antiquité. Merveilleux (reprit-il gravement) & sans elle écriture, histoire, fable & nature sont obscurs, & inintelligibles. Vous croyez, par exemple, que l'injure que Cham fit à son pere soit telle qu'il semble à la lettre ; vrayment c'est bien autre chose. Noé sorti de l'Arche, & voyant que Vesta sa femme ne faisoit qu'embellir par le commerce qu'elle avoit avec son Amant Oromasis, redevint passionné pour elle. Cham craignant que son pere n'allast encore peupler la terre d'enfans aussi noirs que ses Ethiopiens, prit son temps un jour que le bon Vieillard estoit plein de vin, & le chastra sans misericorde. Vous riez ?

Je ris du zele indiscret de Cham, (luy dis-je) Il faut plûtost admirer (reprit le Comte) l'honnesteté du Salamandre Oromasis, que la jalousie n'empécha pas d'avoir pitié de la disgrace de son rival. Il apprit à son fils Zoroastre, autrement nommé Japhet, le nom du Dieu tout puissant qui exprime son eternelle fecondité : Japhet prononça six fois, alternativement avec son frere Sem, marchant à reculons vers le Patriarche, le nom redoutable JABAMIAH ; & ils restituerent le Vieillard en son entier. Cette Histoire mal entenduë a fait dire aux Grecs, que le plus vieux des Dieux avoit été châtré par un de ses enfans : mais voila la verité de la chose. D'où vous pouvez voir combien la morale des peuples du feu est plus humaine que la nostre, & mesme plus que celle des peuples de l'air ou de l'eau ; car la jalousie de ceux-cy est cruelle, comme le divin Paracelse nous l'a fait voir dans une avanture qu'il raconte, & qui a esté veuë de toute la ville de Stauffember. Un Philosophe avec qui une Nymphe estoit entrée en commerce d'immortalité, fut assez mal honneste homme pour aimer une femme ; comme il dînoit avec sa nouvelle Maîtresse & quelques-uns de ses amis, on vit en l'air la plus belle cuisse du monde ; l'amante invisible voulut bien la faire voir aux amis de son infidelle, afin qu'ils jugeassent du tort qu'il avoit de luy preferer une femme. Apres quoy la Nymphe indignée le fit mourir sur l'heure.

Ha ! Monsieur (m'écriay-je) cela pourroit bien me dégoûter de ces amantes si delicates. Je confesse (reprit-il) que leur delicatesse est un peu violente. Mais si on a veu parmy nos femmes des amantes irritées faire mourir leurs amans parjures, il ne faut pas s'étonner que ces Amantes si belles & si fidelles s'emportent quand on les trahit ; dautant plus qu'elles n'exigent des hommes que de s'abstenir des femmes, dont elles ne peuvent souffrir les défauts, & qu'elles nous permettent d'en aimer parmy elles autant qu'il nous plaist. Elles preferent l'interest & l'immortalité de leurs compagnes à leur satisfaction particuliere ; & elles sont bien aise que les Sages donnent à leur republique autant d'enfans immortels qu'ils en peuvent donner.

Mais enfin, Monsieur (repris-je) d'où vient qu'il y a si peu d'exemples de tout ce que vous me dites. Il y en a grand nombre, mon enfant (poursuivit-il) mais on n'y fait pas reflexion, ou on n'y ajoûte point de foy, ou enfin on les explique mal, faute de connoistre nos principes. On attribuë aux Demons tout ce qu'on devroit attribuer aux peuples des elemens. Un petit Gnome se fait aimer à la celebre Magdelaine de la Croix, Abbesse d'un Monastere à Cordouë en Espagne ; elle le rend heureux dés l'âge de douze ans, & ils continuent leur commerce l'espace de trente. Un Directeur ignorât persuade Magdelaine que son Amant est un Lutin, & l'oblige de demander l'absolution au Pape Paul III. Cependant il est impossible que ce fût un Demon ; car toute l'Europe a sceu, & Cassiodorus Renius a voulu apprendre à la posterité le miracle qui se faisoit tous les jours en faveur de la sainte Fille, ce qui apparament ne fût pas arrivé, si son commerce avec le Gnome eût esté si diabolique que le venerable Directeur l'imaginoit. Ce Docteur-là eût dit hardiment, si je ne me trompe, que le Sylphe qui s'immortalisoit avec la jeune Gertrude Religieuse du Monastere de Nazareth au Diocese de Cologne, étoit quelque Diable. Asseurément (luy dis-je) & je le crois aussi. Ha! mon fils (poursuivit le Comte en riant.) Si cela est, le Diable n'est guerre malheureux de pouvoir entretenir commerce de galanterie avec une fille de treize ans, & luy écrire les billets doux, qui furent trouvez dans sa cassette.

Croyez, mon enfant, croyez que le Demon a dans la region de la mort, des occupations plus tristes & plus conformes à la haine qu'a pour luy le Dieu de pureté : mais c'est ainsi qu'on se ferme volontairement les yeux. On trouve, par exemple, dans Tite Live, que Romulus étoit fils de Mars ; les esprits forts disent : c'est une fable ; les Theologiens : il estoit fils d'un Diable incube ; les plaisans : Mademoiselle Sylvia avoit perdu ses gans, & elle en voulut couvrir la honte, en disant qu'un Dieu les luy avoit volez. Nous qui connoissons la Nature, & que Dieu a appellez de ces tenebres à son admirable lumiere ; nous sçavons que ce Mars pretendu estoit un Salamandre, qui épris de la jeune Sylvie, la fit mere du grand Romulus, ce Heros, qui apres avoir fondé sa superbe Ville, fut enlevé par son pere dans un char enflammé, comme Zoroastre le fut par Oromasis.

Un autre Salamandre fut pere de Servius Tullius ; Tite Live dit que ce fut le Dieu du feu, trompé par la ressemblance, & les ignorans en ont fait le mesme jugement que du pere de Romulus. Le fameux Hercule, & l'invincible Alexandre, estoient fils du plus grand des Sylphes. Les Historiens ne connoissans pas cela, ont dit que Jupiter en estoit le pere : ils disoient vray ; car comme vous avez apris, ces Sylphes, Nymphes, & Salamandres, s'estant erigez en Divinitez, les Historiens qui les croyoient tels appelloient enfans des Dieux tous ceux qui en naissoient.

Tel fut le divin Platon, le plus divin Appollonius Thianeus, Hercule, Achille, Sarpedon, le pieux Ænée, & le fameux Melchisedech ; car sçavez vous qui fut le pere de Melchisedech ? Non vrayement (luy dis-je) car S. Paul ne le sçavoit pas. Dites donc qu'il ne le disoit pas (reprit le Comte) & qu'il ne luy estoit pas permis de reveler les Mysteres Cabalistiques ; Il sçavoit bien que le pere de Melchisedech étoit Sylphe, & que ce Roy de Salem fut conceu dans l'Arche par la femme de Sem. La maniere de sacrifier de ce Pontife estoit la même que sa cousine Egerie apprit au Roy Numa, aussi bien que l'adoration d'une souveraine Divinité sans image & sans statuë : à cause de quoy les Romains devenus Idolatres quelques temps apres brûlerent les saints Livres de Numa, qu'Egerie avoit dictez. Le premier Dieu des Romains estoit le vray Dieu, leur Sacrifice estoit le veritable, ils offroient du pain & du vin au souverain Maistre du monde : mais tout cela se pervertit ensuite. Dieu ne laissa pas pourtant, en reconnoissance de ce premier culte, de donner à cette Ville qui avoit reconnu sa souveraineté, l'Empire de l'Univers. Le mesme Sacrifice que Melchisedech...

Monsieur (interrompis-je) je vous prie, laissons-là Melchisedech, le Sylphe qui l'engendra, sa cousine Egerie, & le Sacrifice du pain & du vin. Ces preuves me paroissent un peu éloignées ; & vous m'obligeriez bien de me conter des nouvelles plus fraiches car j'ai oüy dire à un Docteur, à qui on demandoit ce qu'estoient devenus les compagnons de cette espece de Satyre qui apparut à saint Antoine, & que vous avez nommé Sylphe ; que tous ces gens-là sont morts presentement. Ainsi les peuples elementaires pourroient bien estre peris ; puisque vous les avoüez mortels & que nous n'en avons nulles nouvelles.

Je prie Dieu (repartit le Comte avec émotion) je prie Dieu qui n'ignore rien, de vouloir ignorer cet ignorant, qui decide si sottement ce qu'il ignore. Dieu le confonde & tous ses semblables. D'où a t-il apris que les elemens sont deserts, & que tous ces peuples merveilleux sont anneantis. S'il vouloit se donner la peine de lire un peu les Histoires, & n'attribuer pas au Diable, comme font les bonnes femmes, tout ce qui passe la chimerique theorie qu'il s'est fait de la Nature ; il trouveroit en tout temps & en tous lieux des preuves de ce que je vous ay dit.

Que diroit vostre Docteur à cette histoire authentique arrivée depuis peu en Espagne? Une belle Sylphide se fit aimer à un Espagnol, vécut trois ans avec luy, en eut trois beaux enfans, & puis mourut. Dira-t-on que c'étoit un Diable? La sçavante réponse! Selon quelle Physique le Diable peut-il s'organiser un corps de femme, concevoir, enfanter, allaiter? Quelle preuve y a-t-il dans l'Ecriture de cet extravagant pouvoir que vos Theologiens sont obligez en cette rencontre de donner au Demon? Et quelle raison vray-semblable leur peut fournir leur foible Physique. Le Jesuite Delrio, comme il est de bonne foy, raconte naïvement plusieurs de ces avantures, & sans s'embarasser de raisons Physiques se tire d'affaire, en disant que ces Sylphides étoient des Demons : tant il est vray que vos plus grands Docteurs, n'en sçavent pas plus bien souvent que les simples femmes! Tant il est vray que Dieu aime à se retirer dans son Trône nubileux, & qu'épaississant les tenebres qui environnent sa Majesté redoutable, il habite une lumiere inaccessible, & ne laisse voir ses veritez qu'aux humbles de cœur. Aprenez à estre humble, mon fils, si vous voulez penetrer ces tenebres sacrées qui environnent la verité. Aprenez des Sages à ne donner aux Demons aucune puissance dans la Nature, depuis que la pierre fatale les a renfermez dans le puits de l'abisme. Aprenez des Philosophes à chercher toûjours les causes naturelles dans tous les évenemens extraordinaires ; & quand les causes naturelles manquent, recourez à Dieu, & à ses saints Anges & jamais aux Demons, qui ne peuvent plus rien que souffrir : autrement vous blasphemeriez souvent sans y penser, & vous attribuëriez au Diable l'honneur des plus merveilleux ouvrages de la Nature.

Quand on vous diroit par exemple que le divin Apollonius Thianeus fut conceu sans l'operation d'aucun homme, & qu'un des plus hauts Salamandres descendit pour s'immortaliser avec sa mere : vous diriez que ce Salamandre étoit un Demon, & vous donneriez la gloire au Diable, de la generation d'un des plus grands hommes qui soient sortis de nos mariages Philosophiques.

Mais, Monsieur (interrompis-je) cet Apollonius est reputé parmi nous pour un grand Sorcier, & c'est tout le bien qu'on en dit. Voilà (reprit le Comte) un des plus admirables effets de l'ignorance & de la mauvaise éducation. Parce qu'on entend faire à sa nourrice des contes de Sorciers, tout ce qui se fait d'extraordinaire ne peut avoir que le Diable pour Auteur. Les plus grands Docteurs ont beau faire, ils n'en seront pas crus s'ils ne parlent comme nos nourrices. Apollonius n'est pas né d'un homme ; il entend le langage des oyseaux ; il est veu en mesme jour en divers endroits du monde ; il disparoit devant l'Empereur Domitien qui veut le faire mal traiter ; il ressuscite une fille par la vertue de l'Onomance ; il dit à Ephese en une assemblée de toute l'Asie qu'à cette mesme heure on tuë le Tyran à Rome. Il est question de juger cet homme, la nourrice dit, c'est un Sorcier ; Saint Jerôme & S. Justin le Martyr, disent que ce n'est qu'un grand Philosophe. Jerôme, Justin, & nous Cabalistes, serons des visionaires, & la femmelette l'emportera. Ha ! que l'ignorant perisse dans son ignorance : mais vous, mon enfant, sauvez vous du naufrage.

Quand vous lirez que le celebre Merlin nâquit sans l'operation d'aucun homme, d'une Religieuse, fille du Roy de la grand'Bretagne ; & qu'il predisoit l'avenir plus clairement qu'un Tyresie : ne dites pas avec le peuple qu'il étoit fils d'un Demon incube, puis qu'il n'y en eût jamais ; ny qu'il prophetisoit par l'art des Demons, puis que le Demon est la plus ignorante de toutes les creatures, suivant la sainte Caballe. Dites avec les Sages, que la Princesse Angloise fut consolée dans sa solitude par un Sylphe qui eut pitié d'elle, qu'il prit soin de la divertir, qu'il sceut luy plaire, & que Merlin leur fils fut élevé par le Sylphe en toutes les sciences, & apprit de luy à faire toutes les merveilles que l'Histoire d'Angleterre en raconte.

Ne faites pas non plus l'outrage aux Comtes de Cleves, de dire que le Diable est leur pere ; & ayez meilleure opinion du Sylphe, que l'Histoire dit qui vint à Cleves sur un Navire miraculeux trainé par un Cygne, qui y estoit attaché avec une chaine d'argent. Ce Sylphe apres avoir eu plusieurs enfans de l'heritiere de Cleves, repartit un jour en plein midy à la veuë de tout le monde sur son Navire aërien. Qu'a-t-il fait à vos Docteurs, qui les oblige à l'eriger en Demon.

Mais ménagerez-vous assez peu l'honneur de la Maison de Lusignan ? & donnerez vous à vos Comtes de Poitiers une genealogie diabolique ? Que direz vous de leur mere celebre ? Je croy, Monsieur (interrompis-je) que vous m'allez faire les contes de Melusine. Ha! si vous me niez l'Histoire de Melusine (reprit-il) je vous donne gagné: mais si vous la niez, il faudra brûler les Livres du grand Paracelse qui maintient en cinq ou six endroits differens qu'il n'y a rien de plus certain que cette Melusine estoit une Nymphe; & il faudra démentir vos Historiens, qui disent que depuis sa mort, ou pour mieux dire depuis qu'elle disparut aux yeux de son mary, elle n'a jamais manqué (toutes les fois que ses descendans estoient menacez de quelque disgrace, ou que quelque Roy de France devoit mourir extraordinairement) de paroistre en deüil sur la grande tour du Chasteau de Lusignan, qu'elle avoit fait bastir. Vous aurez une querelle avec tous ceux qui descendent de cette Nymphe, ou qui sont alliez de sa Maison; si vous vous obstinez à soustenir que ce fut un Diable.

Pensez-vous, Monsieur (luy dis-je) que ces Seigneurs aiment mieux estre originaires des Sylphes? Ils l'aimeroient mieux, sans doute (repliqua-t-il) s'ils sçavoient ce que je vous apprens, & ils tiendroient à grand honneur ces naissances extraordinaires. Ils connoîtroient, s'ils avoient quelque lumiere de Cabale, que cette sorte de generation estant plus conforme à la maniere dont Dieu entendoit au commencement que le monde se multipliast, les enfans qui en naissent sont plus heureux, plus vaillans, plus sages, plus renommez, & plus benis de Dieu. N'est-il pas plus glorieux pour ces hommes illustres de descendre de ces creatures si parfaites, si sages, & si puissantes, que de quelque sale Lutin, ou de quelque infame Asmodée.

Monsieur (luy dis-je) nos Theologiens n'ont garde de dire que le Diable soit pere de tous ces hommes qui naissent sans qu'on sçache qui les met au monde. Ils reconnoissent que le Diable est un esprit, & qu'ainsi il ne peut engendrer. Gregoire de Nice (reprit le Comte) ne dit pas cela; car il tient que les Demons multiplient entr'eux comme les hommes. Nous ne sommes pas de son avis (repliquay-je) mais il arrive (disent nos Docteurs) que... Ha! ne dites pas (interrompit le Comte) ne dites pas ce qu'ils disent, ou vous diriez comme eux une sottise tres-sale & tres-mal honneste. Quelle abominable défaite ont-ils trouvé-là? Il est étonnant comme ils ont tous unanimement embrassé cette ordure, & comme ils ont pris plaisir de poster des farfadets aux embusches, pour profiter de l'oisive brutalité des Solitaires, & en mettre promptement au monde ces hommes miraculeux, dont ils noircissent l'illustre memoire par une si vilaine origine. Appellent-ils cela philosopher? Est-il digne de Dieu, de dire qu'il ait cette complaisance pour le Demon de favoriser ces abominations; de leur accorder la grace de la fecondité qu'il a refusée à de grands Saints; & de recompenser ces salletez en creant pour ces embrions d'iniquité, des ames plus heroïques, que pour ceux qui ont esté formez dans la chasteté d'un mariage legitime? Est-il digne de la

Religion de dire comme font vos Docteurs, que le Demon peut par ce detestable artifice rendre enceinte une Vierge durant le sommeil sans prejudice de sa virginité; ce qui est aussi absurde que l'Histoire que Thomas d'Aquin (d'ailleurs Auteur tres-solide, & qui sçavoit un peu de Cabale) s'oublie assez luy-mesme pour conter dans son sixiéme *Quodlibet*; d'une fille couchée avec son pere, à qui il fait arriver mesme avanture que quelques Rabins heretiques disent qui advint à la fille de Jeremie, à laquelle ils font concevoir le grand Cabaliste Bensyrah en entrant dans le bain apres le Prophete. Je jurerois que cette impertinence a esté imaginée par quelque…

Si j'osois, Monsieur, interrompre vostre déclamation (luy dis-je) je vous avoüerois pour vous apaiser qu'il seroit à souhaiter que nos Docteurs eussent imaginé quelque solution dont les oreilles pures comme les vostres s'offensassent moins. Ou bien ils devoient nier tout-à-fait les faits sur quoy la question est fondée.

Bon expedient (reprit le Comte.) Hé! le moyen de nier des choses constantes? Mettez vous en la place d'un Theologien à fourrure d'hermines, & supposez que l'heureux Danhuzerus vient à vous comme à l'Oracle de sa religion…

En cét endroit un Laquais vint me dire qu'un jeune Seigneur venoit me voir. Je ne veux pas qu'il me voye (dit le Comte.) Je vous demande pardon, Monsieur (luy dis-je) vous jugez bien au nom de ce Seigneur, que je ne puis pas faire dire qu'on ne me voit point: prenez donc la peine d'entrer dans ce cabinet. Ce n'est pas la peine (dit-il) je va me rendre invisible. Ha! Monsieur (m'écriay-je) treve de diablerie (s'il vous plaist) je n'entens pas raillerie là-dessus. Quelle ignorance (dit le Comte en riant & haussant les épaules) de ne sçavoir pas, que pour estre invisible il ne faut que mettre devant soy le contraire de la lumiere! Il passa dans mon cabinet, & le jeune Seigneur entra presqu'en mesme temps dans ma chambre: je luy demande pardon si je ne luy parlay pas de mon avanture.

CINQUIÈME ENTRETIEN
SUR LES SCIENCES SECRÈTES

Le grand Seigneur étant sorti, je trouvay en venant de le reconduire le Comte de Gabalis dans ma chambre. C'est grand dommage (me dit-il) que ce Seigneur qui vient de vous quitter, sera un jour un des 72. Princes du Sanhedrin de la Loy nouvelle ; car sans cela il seroit un grand sujet pour la sainte Cabale ; il a l'esprit profond, net, vaste, sublime, & hardy ; voila une figure de Geomance que je viens de jetter pour luy, durant que vous parliés ensemble : je n'ay jamais veu des points plus heureux, & qui marquassent une ame si belle ; voyez cette *Mere*[2] , quelle magnanimité elle luy donne. Cette *Fille*[3] luy procurera la pourpre : je luy veux mal & à la fortune, de ce qu'elles ostent à la Philosophie un sujet qui peut-estre vous surpasseroit. Mais où en étions nous quand il est venu ?

Vous me parliés, Monsieur (luy dis-je) *d'un Bienheureux que je n'ay jamais veu dans le Calendrier Romain, il me semble que vous l'avez nommé Danhuzerus :* Ha ! je m'en souviens (reprit-il) je vous disois de vous mettre en la place d'un de vos Docteurs, & de supposer que l'heureux Danhuzerus vient vous découvrir sa conscience, & vous dit.

MONSIEUR, je viens de delà les monts, au bruit de vostre science ; j'ay un petit scrupule qui me fait peine. Il y a dans une montagne d'Italie une Nymphe qui tient là sa Cour : mille Nymphes la servent, presqu'aussi belles qu'elle ; des hommes tres-bien faits, tres-sçavants, & tres-honnestes gens, viennent là de toute la terre habitable ; ils aiment ces Nymphes, & en sont aimez ; ils y menent la plus douce vie du monde ; ils ont de tres-beaux enfans de ce qu'ils aiment ; ils adorent le Dieu vivant ; ils ne nuisent à personne ; ils esperent l'immortalité. Je me promenois un jour dans cette montagne ; je plus à la Nymphe Reyne, elle se rend visible, me montre sa charmante Cour. Les Sages qui s'apperçoivent qu'elle m'aime, me respectent presque cõme leur Prince ; ils m'exhortent à me laisser toucher aux soupirs & à la beauté de la Nymphe ; elle me conte son martyre, n'oublie rien pour toucher mon cœur, & me remontre enfin qu'elle mourra si je ne veux l'aimer, & que si je l'aime elle me sera redevable de son immortalité. Les raisonnemens de ces sçavans hommes ont convaincu mon esprit, & les at-

---

[2] Terme de la Geomance.
[3] Terme de la Geomance.

traits de la Nymphe m'on gagné le cœur ; je l'aime, j'en ay des enfans de grande esperance : mais au milieu de ma felicité je suis troublé quelquefois par le ressouvenir que l'Eglise Romaine n'approuve peut-estre pas trop tout cela. Je viens à vous, Monsieur, pour vous consulter qu'est-ce que cette Nymphe, ces Sages, ces Enfans, & en quel état est ma conscience. C'a, Monsieur le Docteur, que reprondriez-vous au Seigneur Danhuzerus.

Je luiy diroy (répondis-je.) Avec tout le respect que je vous dois, Seigneur Danhuzerus, vous estes un peu phanatique ; ou bien vostre vision est un enchantement ; vos enfans & vôtre maîtresse sont des Lutins ; vos Sages sont des foux, & je tiens vostre conscience tres-cauterisée.

Avec cette réponse, mon fils, vous pourriez meriter le bonnet de Docteur : mais vous ne meriteriés pas d'estre receu parmy nous (reprit le Comte avec un grand soupir.) Voilà la barbare disposition où sont tous les Docteurs d'aujourd'huy. Un pauvre Sylphe n'oseroit se montrer qu'il ne soit pris d'abord pour un Lutin ; une Nymphe ne peut travailler à devenir immortelle sans passer pour une phantôme impur ; & un Salamandre n'ose apparoistre de peur d'estre pris pour un Diable ; & les pures flammes qui le composent pour le feu d'Enfer qui l'accompagne par tout. Ils ont beau, pour dissiper ces soupçons si injurieux, faire le signe de la Croix quand ils apparoissent, fléchir le genoü devant les noms divins, & mesme les prononcer avec reverence. Toutes ces precautions sont vaines. Ils ne peuvent obtenir qu'on ne les repute pas ennemis du Dieu qu'ils adorent plus religieusement que ceux qui les fuyent.

Tout de bon, Monsieur (luy dis-je) vous croyez que ces Sylphes sont gens forts devots ? Tres-devots (répondit-il) & tres zelez pour la divinité. Les discours excellens qu'ils nous font de l'Essence divine, & leurs prieres admirables nous édifient grandement. Ont-ils des prieres aussi (luy dis-je) j'en voudrois bien une de leur façon. Il est aisé de vous satisfaire (repartit-il) & afin de ne vous en point raporter de suspecte, & que vous puissiez me soupçonner d'avoir fabriquée ; écoutez celle que le Salamandre, qui répondoit dans le Temple de Delphes, voulut bien apprendre aux Payens, & que Porphyre raporte ; elle contient une sublime Theologie ; & vous verrez par là qu'il ne tenoit pas à ces sages Creatures, que le monde n'adorât le vray Dieu.

ORAISON DES SALAMANDRES

Immortel, Eternel, Ineffable & sacré Pere de toutes choses, qui est porté sur le Chariot roullant sans cesse, des Mondes qui tournent toûjours. Dominateur des Campagnes etheriennes, où est élevé le thrône de ta Puissance, du haut duquel tes Yeux redoutables découvrent tout, & tes belles & saintes Oreilles écoutent tout. Exauce tes Enfans que tu as aimez dés la naissance des Siecles; car ta dorée, & grande & eternelle Majesté resplendit au-dessus du monde & du Ciel des Estoilles; tu es élevé sur elles, ô feu étincellant. Là tu t'allumes & t'entretiens toy-mesme par ta propre splendeur; & il sort de ton Essence des ruisseaux intarissables de lumiere qui nourrissent ton Esprit infiny. Cet esprit infiny produit toutes choses, & fait ce tresor inépuisable de matiere, qui ne peut manquer à la generation qui l'environne toûjours à cause des formes sans nombre dont elle est enceinte, & dont tu l'as remplie au commencement. De cet esprit tirent aussi leur origine ces Rois tres-saints qui sont debout autour de ton Thrône, & qui composent ta Cour, ô Pere universel! ô Unique! ô Pere des Bien-heureux mortels & immortels! Tu as creé en particulier des Puissances qui sont merveilleusement semblables à ton eternelle Pensée, & à ton Essence adorable. Tu les as establies superieures aux Anges qui annoncent au monde tes volontez. Enfin tu nous as creez une troisieme sorte de Souverains dans les Elemens. Nostre continuel exercice est de te loüer, & d'adorer tes desirs. Nous brûlons du desir de te posseder. O Pere! ô Mere la plus tendre des Meres! ô l'Exemplaire admirable des sentimens & de la tendresse des Meres! ô Fils la fleur de tous les Fils! ô Forme de toutes les Formes! Ame, Esprit, Harmonie & Nombre de toutes choses.

Que dites-vous de cette Oraison des Salamandres? N'est-elle pas bien sçavante, bien élevée, & bien devote? Et de plus bien obscure (repondis-je) je l'avois oüie paraphraser à un Predicateur qui prouvoit par là que le Diable entr'autres vices qu'il a, est sur tout grand hypocrite. Hé bien! (s'écria le Comte) quelle resource avez-vous donc pauvres peuples elementaires. Vous dites des merveilles de la nature de Dieu, du Pere, du Fils, du S. Esprit, des Intelligences assistantes, des Anges, des Cieux. Vous faites des prieres admirables, & les enseignez aux hommes; & aprés tout, vous n'estes que Lutins hypocrites!

Monsieur (interrompis-je) vous ne me faites pas plaisir d'apostropher ainsi ces gens-là. Hé bien, mon fils, (reprit-il) ne craignez pas que je les appelle: mais que vostre foiblesse vous empêche du moins de vous étonner à l'avenir de ce que vous ne voyez pas autant d'exemples que vous en voudriez de leur alliance avec les hommes. Helas! où est la femme, à qui vos Docteurs n'ont pas gâté l'imagination, qui ne regarde pas avec horreur ce commerce, & qui ne tremblât pas à l'aspect d'un Sylphe? Où est l'homme qui ne fuit pas de les voir, s'il se pique un peu d'estre homme de bien? Trouvons nous que tres-rarement un honneste homme qui veüille de leur familiarité? Et n'y a t-il que des débauchez, ou des avares, ou des ambitieux, ou des fripons, qui recherchent cet honneur, qu'ils n'auront pourtant jamais (VIVE DIEU) parce que la crainte du Seigneur est le commencement de la sagesse.

Que deviennent donc (luy dis-je) tous ces peuples volans, maintenant que les gens de bien sont si preoccupez contr'eux? Ha! le bras de Dieu (dit-il) n'est point raccourcy, & le Demon ne retire pas tout l'avantage qu'il esperoit de l'ignorance & de l'erreur qu'il a répandu à leur prejudice; car outre que les Philosophes qui sont en grand nombre y remedient le plus qu'ils peuvent en renonçant tout-à-fait aux femmes; Dieu a permis à tous ces peuples, d'user de tous les innocens artifices dont ils peuvent s'aviser pour converser avec les hommes à leur insceu. Que me dites vous là, Monsieur? (m'écriay-je.) Je vous dis vray (poursuivit-il.) Croyez-vous qu'un chien puisse avoir des enfans d'une femme? Non (répondis-je?) Et un singe? (ajoûta-t-il?) Non plus (répliquay-je.) Et un ours? (continua-t-il.) Ny chien, ny ours, ny singe (luy dis-je,) cela est impossible sans doute; contre la nature, contre la raison, & le sens commun. Fort bien (dit le Comte) mais les Rois des Goths ne sont-ils pas nez d'un ours & d'une Princesse Suedoise? Il est vray (repartis-je) que l'Histoire le dit. Et les Pegusiens & Syoniens des Indes (repliqua-t-il) ne sont-ils pas nez d'un chien & d'une femme? J'ay encore leû cela (luy dis-je) Et cette femme Portugaise (continua-t-il) qui estant exposée en une Isle deserte, eut des enfans d'un grand singe? Nos Theologiens (luy dis-je) répondent à cela, Monsieur, que le Diable prenant la figure de ces bestes… Vous m'allez encore alleguer (interrompit le Comte) les sales imaginations de vos Auteurs. Comprenez donc, une fois pour toutes, que les Sylphes voyant qu'on les prend pour des Demons quand ils apparoissent en forme humaine; pour diminuer cette aversion qu'on a d'eux, prennent la figure de ces animaux, & s'accommodent ainsi à la bizarre foiblesse des femmes, qui auroient horreur d'un beau Sylphe, & qui n'en ont pas tant pour un chien ou pour un singe. Je pourrois vous conter plusieurs historiettes de ces petits chiens de Bologne avec certaines pucelles de par le monde: mais j'ay à vous apprendre un plus grand secret.

Sçachez mon fils, que tel croit être fils d'un homme, qui est fils d'un Sylphe. Tel croit estre avec sa femme, qui sans y penser immortalise une Nymphe. Telle femme pense embrasser son mary, qui tient entre ses bras un Salamandre; &

telle fille jureroit à son réveil qu'elle est Vierge, qui a eu durant son sommeil un honneur dont elle ne se doute pas. Ainsi le Demon & les ignorans sont également abusez.

Quoy! le Demon (luy dis-je) ne sçauroit-il réveiller cette fille endormie, pour empécher ce Salamandre de devenir immortel? Il le pourroit (repliqua le Comte) si les Sages n'y mettoient ordre : mais nous apprenons à tous ces peuples les moyens de lier les Demons, & de s'opposer à leur effort. Ne vous disois-je pas l'autre jour que les Sylphes & les autres Seigneurs des elemens sont trop heureux que nous voulions leur montrer la Cabale. Sans nous le Diable leur grand ennemy les inquietteroit fort, & ils auroient de la peine à s'immortaliser à l'insceu des filles.

Je ne puis (repartis-je) admirer assez la profonde ignorance où nous vivons. On croit que les puissances de l'air aident quelque fois les amoureux à parvenir à ce qu'ils desirent. La chose va donc tout autrement ; les puissances de l'air ont besoin que les hommes les servent en leurs amours. Vous l'avez dit, mon fils, (poursuivit le Comte) le Sage donne secours à ces pauvres peuples, sans luy trop mal-heureux & trop foibles pour pouvoir resister au Diable : mais aussi quand un Sylphe a appris de nous à prononcer Cabalistiquement le nom puissant NEHMAHMIHAH, & à le combiner dans les formes avec le nom delicieux ELIAEL ; toutes les puissances des tenebres prennent la fuite, & le Sylphe joüit paisiblement de ce qu'il aime.

Ainsi fut immortalisé ce Sylphe ingenieux qui prit la figure de l'amant d'une Demoiselle de Seville ; l'Histoire en est connuë. La jeune Espagnole étoit belle ; mais aussi cruelle que belle. Un Cavalier Castillan qui l'aimoit inutilement, prit la resolution de partir un matin sans rien dire, & d'aller voyager jusqu'à ce qu'il fût guery de son inutile passion. Un Sylphe trouvant la belle à son gré fut d'avis de prendre ce temps, & s'armant de tout ce qu'un des nostre luy apprit pour se défendre des traverses, que le Diable envieux de son bonheur eût pû luy susciter. Il va voir la Demoiselle sous la forme de l'amant éloigné, il se plaint, il soûpire, il est rebuté. Il presse, il sollicite, il perservere : apres plusieurs mois il touche, il se fait aimer, il persuade, & enfin il est heureux. Il naist de leur amour un fils dont la naissance est secrete, & ignorée des parens par l'adresse de l'amant aërien. L'amour continuë, & il est beny d'une deuxiesme grossesse. Cependant le Cavalier guery par l'absence revient à Séville, & impatient de revoir son inhumaine, va au plus viste luy dire, qu'enfin il est en etat de ne plus luy déplaire, & qu'il vient luy annoncer qu'il ne l'aime plus.

Imaginez, s'il vous plaist l'étonnement de la fille, sa réponse, ses pleurs, ses reproches, & tout leur dialogue surprenant. Elle luy soutient qu'elle l'a rendu heureux; il le nie; que leur enfant commun est en tel lieu, qu'il est pere d'un autre qu'elle porte. Il s'obstine à desavoüer. Elle se desole, s'arrache les cheveux; les parens accourent à ses cris, l'amante desesperée continuë ses plaintes & ses invectives; on verifie que le Gentilhomme estoit absent depuis deux ans; on cherche le premier enfant, on le trouve, & le second nâquit en son terme.

Et l'amant aërien (interrompis-je) quel personnage joüoit-il durant tout cela? Je voy bien (répondit le Comte) que vous trouvez mauvais qu'il ait abandonné sa maistresse à la rigueur des parens, ou à la fureur des Inquisiteurs : mais il voit une raison de se plaindre d'elle. Elle n'étoit pas assez dévote; car quand ces Messieurs se sont immortalisez, ils travaillent serieusement, & vivent fort saintement pour ne point perdre le droit qu'ils viennent d'acquerir à la possession du souverain bien. Ainsi ils veulent que la personne, à laquelle ils se sont alliez, vive avec une innocence exemplaire, comme on voit dans cette fameuse avanture d'un jeune Seigneur de Baviere.

Il étoit inconsolable de la mort de sa femme qu'il aimoit passionnément. Une Sylphide fut conseillée par un de nos Sages de prendre la figure de cette femme; elle le crût, & s'alla presenter au jeune homme affligé, disant que Dieu l'avoit ressuscitée pour le consoler de son extrême affliction. Ils vécurent ensemble plusieurs années, & firent de tres-beaux enfans. Mais le jeune Seigneur n'estoit pas assez homme de bien pour retenir la Sage Sylphide, il juroit & disoit des paroles mal-honnestes. Elle l'avertit souvent : mais voyant que ses remontrances étoient inutiles, elle disparut un jour, & ne luy laissa que ses juppes & le repentir de n'avoir pas voulu suivre ses saints conseils. Ainsi vous voyez, mon fils, que les Sylphes ont quelque fois raison de disparoistre; & vous voyez que le Diable ne peut empêcher, non plus que les fantasques caprices de vos Theologiens, que les peuples des elemens ne travaillent avec succès à leur immortalité quand ils sont secourus par quelqu'un de nos sages.

Mais en bonne foy, Monsieur (repris-je) estes vous persuadé que le Demon soit si grand ennemy de ces suborneurs de Demoiselles. Ennemy mortel (dit le Comte) sur tout des Nymphes, des Sylphes, & des Salamandres. Car pour les Gnomes, il ne les haït pas si fort; parce que, comme je croy vous avoir apris, ces Gnomes effrayez des hurlemens des Diables qu'ils entendent dans le centre de la terre, aiment mieux demeurer mortels que courir risque d'estre ainsi tourmentez, s'ils acqueroient l'immortalité. De là vient que ces Gnomes & les Demons leurs voisins ont assez de commerce. Ceux-cy persuadent aux Gnomes naturellement tres-amis de l'homme, que c'est luy rendre un fort grand service, & le delivrer d'un grand peril que de l'obliger de renoncer à son immortalité. Ils s'engagent pour cela de fournir à celuy à qui ils peuvent persuader cette renonciation, tout l'argent qu'il demande ; de détourner les dangers qui pourroient menacer sa vie durant certain temps, ou telle autre condition qu'il plaist à celuy qui fait ce malheureux pacte : ainsi le Diable, le méchant qu'il est, par l'entremise de ce Gnome fait devenir mortelle l'ame de cet homme & la prive du droit de la vie eternelle.

Comment, Monsieur, (m'écriay-je) ces pactes à vostre avis, desquels les Demonographes racontent tant d'exemples, ne se font point avec le Demon ? Non seurement. (reprit le Comte) Le Prince du monde n'a-t-il pas esté chassé dehors ? n'est-il pas renfermé ? n'est-il pas lié ? N'est-il pas la terre maudite & damnée, qui est restée au fond de l'ouvrage du suprême & Archetype distillateur & Peut-il monter dans la region de la lumiere, & y répandre ses tenebres concentrées ? Il ne peut rien contre l'homme. Il ne peut qu'inspirer aux Gnomes, qui sont ses voisins, de venir faire ces propositions à ceux d'entre les hommes, qu'il craint le plus qui soient sauvez ; afin que leur ame meure avec le corps.

Et selon vous (ajoûtay-je) ces ames meurent ? Elles meurent, mon enfant (répondit-il.) Et ceux qui font ces pactes-là ne sont point damnez (poursuivis-je.) Ils ne le peuvent estre (dit-il) car leur ame meurt avec le corps. Ils sont donc quittes à bon marché (repris-je) & ils sont bien legerement punis d'avoir fait un crime si enorme que de renoncer à leur Baptesme, & à la mort du Seigneur.

Appellez-vous (repartit le Comte) estre legerement puny, que de rentrer dans les nors abysmes du neant ? Sçachez que c'est une plus grande peine que d'estre damné ; qu'il y a encore un reste de misericorde dans la justice que Dieu exerce contre les pecheurs dans l'Enfer ; que c'est une grande grace de ne les point consumer par le feu qui les brûle. Le neant est un plus grand mal que l'Enfer ; c'est ce que les Sages préchent aux Gnomes quand ils les assemblent, pour leur faire entendre quel tort ils se font de preferer la mort à l'immortalité, & le neant à l'esperance de l'eternité bien-heureuse, qu'ils seroient en droit de posseder, s'ils s'allioient aux hommes sans exiger d'eux ces renonciations criminelles. Quelques-uns nous croyent, & nous les marions à nos filles.

Vous evangelisez donc les peuples soûterrains, Monsieur ? (luy dis-je.) Pourquoy non ? (reprit-il.) Nous sommes leurs Docteurs aussi bien que des peuples du feu, de l'air, & de l'eau ; & la charité Philosophique se répand indifferemment sur tous ces enfans de Dieu. Comme ils sont plus subtils & plus éclairez que le commun des hommes, ils sont plus dociles & plus capables de discipline, & ils écoutent les veritez divines avec un respect qui nous ravit.

Il doit estre en effet ravissant (m'écriay-je en riant) de voir un Cabaliste en chaire prôner à tous ces Messieurs-là. Vous en aurez le plaisir, mon fils, quand vous voudrez (dit le Comte) & si vous le desirez, je les assembleray dés ce soir, & je les prêcheray sur le minuit. Sur le minuit (me récriay-je) j'ay oüy dire que c'est-là l'heure du Sabath. Le Comte se prit à rire ; vous me faites souvenir là (dit-il) de toutes les folies que les Demonographes racontent sur ce chapitre de leur imaginaire Sabath. Je voudrois bien pour la rareté du fait, que vous les creussiez aussi. Ha! pour les contes du Sabath (repris-je) je vous asseure que je n'en croy pas un.

Vous faites bien, mon fils (dit-il) car (encore une fois) le Diable n'a pas la puissance de se joüer ainsi du genre humain, ny de pactiser avec les hommes, moins encore de s'en faire adorer, comme le croyent les Inquisiteurs. Ce qui a donné lieu à ce bruit populaire, c'est que les Sages, comme je viens de vous dire, assemblent les habitans des elemens, pour leur prêcher leurs mysteres & leur morale ; & comme il arrive ordinairement que quelque Gnome revient de son erreur grossiere, comprend les horreurs du neant, & consent qu'on l'immortalise : on luy donne une fille, on le marie, la nopce se celebre avec toute la rejoüissance que demande la conqueste qu'on vient de faire. Ce sont-là ces danses & ces cris de joye qu'Aristote dit qu'on entendoit dans certaines Isles, où pourtant on ne voyoit personne. Le grand Orphée fut le premier qui convoqua ces peuples soûterrains, à sa premiere semonce Sabasius le plus ancien des Gnomes fut immortalisé ; & c'est de ce Sabasius qu'a pris son nom cette assemblée, dans laquelle les Sages luy ont adressé la parole tant qu'il a vécu, comme il paroist dans les Hymnes du divin Orphée. Les ignorans ont confondu les choses, & ont pris occasion de faire là-dessus mille contes impertinens, & de décrier une assemblée que nous ne convoquons qu'à la gloire du souverain Estre.

Je n'eusse jamais imaginé (luy dis-je) que le Sabath fût une assemblée de devotion. C'en est pourtant une (repartit-il) tres-sainte & tres Cabalistique ; ce que le monde ne se persuaderoit pas facilement. Mais tel est l'aveuglement déplorable de ce siecle injuste ; on s'enteste d'un bruit populaire, & on en veut point estre détrompé. Les Sages ont beau dire, les sots en sont plûtost crûs. Un Philosophe a beau montrer à l'œil la fausseté des chimeres que l'on s'est forgées, & donner des preuves manifestes du contraire : quelque experience & quelque solide raisonnement qu'il ait employé, s'il vient un homme à chaperon qui s'inscrive en faux ; l'experience & la demonstration n'ont plus de force, & il n'est plus au pouvoir de la verité de rétablir son empire. On en croit plus à ce chaperon qu'à ses propres yeux. Il y a eu dans vostre France une preuve memorable de cet entestement populaire.

Le fameux Cabaliste Zedechias se mit dans l'esprit, sous le regne de vôtre Pepin, de convaincre le monde que les elemens sont habitez par tous ces peuples dont je vous ay décrit la nature. L'expedient dont il s'avisa fut de conseiller aux Sylphes de se montrer en l'air à tout le monde ; ils le firent avec magnificience ;

on voyoit dans les aires ces creatures admirables en forme humaine, tantôt rangée en bataille, marchant en bon ordre, ou se tenant sous les armes, ou campées sous des pavillons superbes : tantost sur des Navire aëriens d'une structure admirable, dont la flotte volante voguoit au gré des Zephirs. Qu'arriva-t-il ? Pensez-vous que ce siecle ignorant s'avisast de raisonner sur la nature de ces spectacles merveilleux. Le peuple crût d'abord que c'estoit des Sorciers, qui s'estoient emparez de l'air pour y exciter des orages & pour faire gresler sur les moissons. Les Sçavans Theologiens & Juris-Consultes furent bien-tost de l'avis du peuple : les Empereurs le crurent aussi ; & cette ridicule chimere alla si avant, que le sage Charlemagne, & apres luy Loüis le Debonnaire, imposerent de griéves peines à tous ces pretendus Tyrans de l'air. Voyez cela dans le premier chapitre des Capitulaires de ces deux Empereurs.

Les Sylphes voyant le Peuple, les Pedans, & les Testes couronnées mêmes se gendarmer ainsi contr'eux, resolurent pour faire perdre cette mauvaise opinion qu'on avoit de leur flotte innocente, d'enlever des hommes de toutes parts, de leur faire voir leurs belles femmes, leur republique, & leur gouvernement, & puis les remettre à terre en divers endroits du monde. Ils le firent comme ils l'avoient projetté. Le peuple qui voyoit descendre ces hommes y accouroit de toutes parts, & prevenu que c'étoit des Sorciers qui se détachoient de leurs compagnons pour venir jetter des venins sur les fruits & dans les fontaines ; suivant la fureur qu'inspirent de telles imaginations, entraînoit ces innocens au supplice. Il est incroyable quel grand nombre il en fit perir par l'eau & par e feu dans tout ce Royaume.

Il arriva qu'un jour entr'autres, on vit à Lyon descendre de ces navires aëriens trois hommes & une femme ; toute la Ville s'assemble alentour, crie qu'ils sont Magiciens, & que Grimoald Duc de Bennevent ennemy de Charlemagne, les envoye pour perdre les moissons des François. Les quatre innocens ont beau dire pour leur justification qu'ils sont du païs mesme ; qu'ils ont esté enlevez depuis peu par des hommes miraculeux, qui leur on fait voir des merveilles inoüies, & les ont priez d'en faire le recit. Le peuple entesté n'écoute point leur défense, & il alloit les jetter dans le feu ; quand le bon-homme Agobard Evesque de Lyon, qui avoit aquis beaucoup d'authorité estant Moyne dans cette Ville, accourut au bruit, & ayant oüy l'accusation du peuple, & la défense des accusez, prononça gravement que l'une & l'autre étoient fausses. Qu'il n'estoit pas vray que ces hommes fussent descendus de l'air, & que ce qu'ils disoient y avoir veu estoit impossible.

Le peuple crût plus à ce que disoit son bon pere Agobard qu'à ses propres yeux, s'appaisa, donna la liberté aux quatre Ambassadeurs des Sylphes, & receut avec admiration le Livre qu'Agobard écrivit pour confirmer la sentence qu'il avoit donnée : ainsi le témoignage de ces quatre témoins fut rendu vain.

Cependant comme ils échaperent au supplice, ils furent libres de raconter ce qu'ils avoient veu ; ce qui ne fut pas tout-à-fait sans fruit ; car s'il vous en souvient bien, le siecle de Charlemagne fut fecond en hommes heroïques ; ce qui marque que la femme qui avoit esté chez les Sylphes, trouva creance parmi les Dames de ce temps là, & que par la grace de Dieu beaucoup de Sylphes s'immortaliserent. Plusieurs Sylphides aussi devinrent immortelles par le recit que ces trois hommes firent de leur beauté ; ce qui obligea les gens de ce temps-là de s'appliquer un peu à la Philosophie ; & de là sont venuës toutes ces Histoires de Fées que vous trouvez dans les legendes amoureuses du siecle de Charlemagne & des suivans. Toutes ces Fées pretenduës n'étoient que Sylphides & Nymphes. Avez vous leû ces Histoires des Heros & des Fées ? Non, Monsieur (luy dis-je.)

J'en suis fâché (reprit-il) car elles vous eussent donné quelque idée de l'état auquel les Sages ont resolu de reduire un jour le monde. Ces hommes heroïques, ces amours des Nymphes, ces voyages au Paradis terrestre, ces Palais & ces bois enchantez, & tout ce qu'on y voit de charmantes avantures ; ce n'est qu'une petite idée de la vie que menent les Sages, & de ce que le monde sera quand ils y feront regner la Sagesse. On n'y verra que des Heros, le moindre de nos enfans sera de la force de Zoroastre, Apollonius, ou Melchisedech ; & la pluspart seront aussi accomplis que les enfants qu'Adam eust eus d'Eve s'il n'eût point peché avec elle.

Ne m'avez vous pas dit, Monsieur (interrompis-je) que Dieu ne vouloit pas qu'Adam et Eve eussent des enfans, qu'Adam ne devoit toucher qu'aux Sylphides, & qu'Eve ne devoit penser qu'à quelqu'un des Sylphes ou des Salamandres ? Il est vray (dit le Comte) ils ne devoient pas faire des enfans par la voye qu'ils en firent. Vôtre Cabale, Monsieur (continuay-je) donne donc quelque invention à l'homme & à la femme de faire des enfans autrement qu'à la methode ordinaire ? Assurément (reprit-il.) Hé, Monsieur (poursuivis-je) apprenez-là moy donc, je vous en prie. Vous ne la sçaurez pas d'aujourd'huy, s'il vous plaist (me dit-il en riant.) Je veux vanger les peuples des elemens, de ce que vous avez eu tant de peine à vous detromper de leur pretenduë diablerie. Je ne doute pas que vous ne soyez maintenant revenu de vos terreurs paniques. Je vous laisse donc pour vous donner le loisir de mediter & déliberer devant Dieu, à quelle espece de Substances elementaires il sera plus à propos pour sa gloire & la vostre de faire part de vôtre immortalité.

Je m'en vay cependant me recueillir un peu, pour le Discours que vous m'avez donné envie de faire cete nuit aux Gnomes. Allez vous (luy dis-je) leur expliquer quelque chapitre d'Averroës. Je croy (dit le Comte) qu'il y pourra bien entrer quelque chose de cela ; car j'ai dessein de leur prêcher l'excellence de l'homme, pour les porter à en rechercher l'alliance. Et Averroës apres Aristote a tenu deux choses qu'il sera bon que j'éclaircisse ; l'une sur la Nature de l'entendement, & l'autre sur le Souverain bien. Il dit qu'il n'y a qu'un seul entendement creé, qui est l'image de l'Increé, & que cét unique entendement suffit pour tous les hommes ; cela demande explication. Et pour le Souverain bien, Averroës dit qu'il consiste dans la conversation des Anges ; ce qui n'est pas assez Cabalistique ; car l'homme dés cette vie, peut, & est creé pour joüir de Dieu, comme vous entendrez un jour & comme vous éprouverez quand vous serez au rang des Sages.

Ainsi finit l'entretien du Comte de Gabalis. Il revint le lendemain, & me porta le Discours qu'il avoit fait aux peuples soûterrains ; il est merveilleux ! Je le donnerois avec la suite des Entretiens qu'une Vicomtesse & moy avons eus avec ce Grand Homme, si j'étois seur que tous mes Lecteurs eussent l'esprit droit & ne trouvassent pas mauvais que je me divertisse aux dépens des fous. Si je voy qu'on veüille laisser faire à mon Livre le bien qu'il est capable de produire ; & qu'on ne me fasse pas l'injustice de me soupçonner de vouloir donner credit aux Sciences secretes, sous le pretexte de les tourner en ridicules ; je continuëray à me réjoüir de Monsieur le Comte, & je pourray donner bien tost un autre Tome.

Table des matières

Extrait du privilège du Roy..5
Premier entretien sur les sciences secrètes..............................6
Second entretien sur le sciences secrètes.............................. 11
Troisième entretien sur les sciences secrètes........................ 22
Quatrième entretien sur les sciences secrètes....................... 33
Cinquième entretien sur les sciences secrètes 44
Oraison des Salamandres... 46